文芸社セレクション

EARTH CHILD

細山田 恵司
HOSOYAMADA Keishi

文芸社

目次

僕が未来と出逢ったのは、彼女が突然空から降ってくるという普通では考えられない様な出来事からだったと思う。

僕はその時昼食で腹がパンパンに成って丁度眠く成った時だった。

イキナリ僕は未来のローリングソバットの、洗礼を受け眠たかった眼がパッチリするのだった。

僕「痛ってーな、イキナリなんだよ。」

僕がそう言うと未来は言った。

未来「アンタがそんな所にいるのが悪いんだよ。」

と、未来は別に悪びれてそう言ったのでは無くて本心からその言葉を言ったのだった。

僕「もう直ぐ寝落ちする所だったのにムードがブチ壊しだよ。」

そんな変な出逢いをしたのだったが、未来が夫婦では無いのだが人生のパートナーに成る事は予測してない事実だった。

僕「まったくアンタには節操ってものが無いのかよ。」

と僕が膨れっつらでそう言うと未来は無邪気な顔で笑っていた。

その顔を間近で見るとこの娘は天使なのか悪魔なのか良く判らなくなった。

その内まあどうでも良いかと開き直る自分がそこにはいるのだった。

それは考えても仕方が無いという思いに達したからだった。

その時透明な空間の中から見た事も無い生物が出現し、急に未来の顔つきが変わると、

未来「レーザーブレイド。」

と叫んでその手には輝く光に包まれた光の刀が突き出して空間から出てきた生物を切り裂いた。

僕が突然の出来事に声が出なくなってしまい身体が硬直していく感覚を覚えた瞬間だったと思う。

未来が切った生物は全身が機械で出来ていて、未来はそれをストップアウターだとそう告げた。

そんな事をしていると空から雨が降ってきて、未来の身体は周りの景色と同化していくのだった。

そして未来は僕にこう告げた。

未来「私の手をしっかり掴んで絶対に離さないで。」

と、未来はそう言ったが僕は気が動転して未来と僕が吸い込まれた空間の中で意識のないまま自分の手を未来が掴んだ手の中から手放してしまい、未来の側から離れてしまった事を後から後悔する事に成るのだった。

そうして自分の意識が回復すると何時もとは違う世界にいて僕の近くには未来がいない事を知るのだった。

僕「さて、これからどうしたら良いのかな、ここは多分僕が知ってる世界とは違う気がするのだけど。」

僕は全然知らない世界の中で一人きりだという恐怖を感じるのだった。

そうして一人ぼっちで知らない世界の中で立ち止まっていても仕方無いので只前に進む事しか出来なかった。

その内辺りの景色が少しずつ暗く成るのを、僕は感じていた。

僕「今日はビバークするしか無いのかな、でも目印を付けておかなきゃ判らなくなるバカリだからな。」

と、ヘンゼルとグレーテルを思い浮かべながら先へ進むとそこには森が有るのだった。

森の中を一人で歩いていると葉っぱの付いてない小枝を拾ってはポケットの中へ放

り込む作業を繰り返して、自分で決めた場所まで持って行くとそこにポケットに溢れそうな程詰め込んだ小枝を置きながら、その途中で食べれそうな野草だとか、タンパク源に成る小型の肉食動物に、罠を仕掛けて捕まっていないかと、歩き回った。罠に掛かっていた時はその罠から解き放って、四本の足を縄が解け無い様に結び片方の肩にブラ下げて、小枝を集めた場所まで持って行くとそこで肩の獲物を下ろす。そして近くで周りをキョロキョロしながら、辺りを見渡すと僕は、

僕「有った、コレコレ。」

そう言って太く朽ち果てた木の幹の先端部分を右足の靴で踏み潰し、その木の幹を摑むと何処かに沢らしきものが無いかと探す。

そして、そこにあった沢で片手で先程摑んだ木の幹を綺麗に成るまで洗うのだ。良く洗って軽く振ると多少水気が無く成るのでそれを握り締めて小枝が有る所まで持って行く。僕は胸ポケットの中からライターを取り出した。

そして小枝を円形にして集めるとライターで小枝に火を付けた。

するとパチパチと小枝が燃えて弾けた音がして先程置いた木の幹の水気が全て無く成るのを確認すると、又、先程捕らえた小動物が脳震盪を起こす様にその木の幹で強く叩いた。

少し残酷な気もするが仕方無いのだ、僕の飢えを凌ぐ為だ、そうして手を合わせて

眼を閉じると一呼吸してその獲物が天国に行きます様にと僕は懺悔した。

それを小枝が燃え尽きる前に円形の中央部分に入れた。

すると鼻を突く様な肉の燃える様な臭いが周囲を包んだ。

暫くそのままにするとその肉に火が通った様だ、それを確認してから僕はその肉を食べた。

すると、結構美味かった。

そして腹が膨れたら眠気が差したので、又先程見付けた沢まで行って水を確認した。

そうしてシャツを脱いでそれを濡らした。

水で濡れたシャツを火の所まで持って行く途中でピチャピチャと時折そのシャツから水が零れ落ちた音がしたが構う事は無い、どうせ周りには人がいないのだから、そうしながら僕は火の上でそのシャツを絞った。

ジユウ、と音がして火は消えた。

そうして僕が眠りに就くとブーンと微かな蚊の羽音と共に僕はシャツを脱いだままで寝たので左肩に痒みを感じて眼を覚ました。

するとまだ視界はボンヤリするが遠くの方で誰かが喋る声と僅かバカリの光が見えた。

僕は吸い寄せられる様に光の方へと眠い眼を擦りながら進むと光が段々明確に成り

それと共に声は大きく成ると、それは一人では無く多数、恐らく数人はいると思う。

その話し声がしたのでその人達に気付かれぬ様に僕は耳を潜めてその話し声を聞いた。

そこにはさっきの蚊の羽音とは違う別の羽音だったと思う。

僕はその羽音と光が気に成りそっと足音を忍ばせて近付いた。

するとそこには驚くべき現実を見てしまうのだった。

なんと、そこにいたのは数名の妖精だったのだ。

そこでは四～五人ぐらいの妖精が背中に生えている四枚の透明な羽をバタ付かせながら語り合っていたのだ。

妖精Ａ「御空の上に青い月が雲の影から離れた時。」

妖精達「ウンウン。」

妖精Ａ「星達が集まってその月をより強く輝かせて私達の一人が一人の少女に生まれ変わるその時に、魔王はもう眠っているから頭上から光を貰い受けて少女は一夜限り踊り続けるという伝説を聞いた事が有るわ。」

妖精Ｂ「あっもう行かなきゃ時間だわ。」

そう言った妖精Ｂは体内時計でそう判断すると何処かへ消える様にその場所から飛び去って行った。

妖精全員「あの娘が飛んで行ったから私達も取り残されちゃう。」
と、言って飛び去ったのだがその中で一人だけ取り残された妖精がいた。
その中の一人の妖精が妖精Ａだった。
僕が近付くと、その妖精は慌てながら僕に言った。
妖精Ａ「何よ少し大きいからって威張らなくても良いじゃない。」
僕「別に威張ってないけど妖精って初めて見た。」
妖精Ａ「別に妖精って言わなくても良いのよ、私にだって名前は有るんだから。」
僕「じゃあその名を教えてよ。」
妖精Ａ「私はティンカーベルって言うのよ。」
僕「へえそうなんだ、君がピーターパンに出てくる、ティンカーベルか、まさか本物に出逢うとは。」
ティンカーベル「へえ、私ってそんなに有名なのか。」
僕「そうだよ、まさかティンカーベルって本だけの存在かと思ってたけど。」
ティンカーベル「何言ってんのよこうして、目の前に本物がいるじゃない。」
僕「うん、確かに君が言う通りだよね。」
すると突如として僕は足にウツボカヅラの蔦が絡まり自分の身体の自由は束縛されるのだった。

そして3メートル程上空に宙吊りに成った。

ティンカーベルも突然の出来事に狼狽えていたのだが、やがて僕にこう言った。

ティンカーベル「ねえアンタ、ナイフか何か持ってないの？」

宙吊りに成った僕はジェスチャーでそれはポケットの中に有ると指先で指示を送った。

考えてみれば僕は別に口を塞がれた訳でも無いのに焦っていたのか、そうやってしまった事と本当はこの罠こそ自分で仕掛けたモノなので僕はそれに嵌まったんだと、思うのだから可笑しくてつい笑ってしまった。

ティンカーベルは僕のポケットからサバイバルナイフを取り出して僕を元の位置まで下ろすと、僕が気が変に成ったのかと思ったらしくて僕の姿を見て完全に引いてしまった。

僕が今の事を説明してやっと気付いてくれた様だった。

ティンカーベル「しっかし世の中にこんな馬鹿もいるんだ。」

そう言ってその話を聞いて後から笑い転げるのだった。

ティンカーベル「じゃあ本題に入らせて貰えばさっきまで別の妖精がいたでしょ、あの娘達夜のバイトしに行ったのよ。」

僕「えっ夜のバイトって水商売か何か？」

ティンカーベル「ずばり正解よ、本当は私も行かなきゃイケないんだけどもう良いわ。それより魔王ってのがね、その店の客なんだけど、魔王としての権力で何処の店でも結構顔利きなのよ、その癖ツケで何時も飲んでるのにお金を払ってくれないの、アイツ結構ケチなのよ。」

僕はその話を聞いて憤慨した。

僕「良しティンカーベル、魔王の所へ案内してくれる？」

ティンカーベル「別に良いけど、それでどうするの？」

僕「行って今までのツケを全部清算してやるよ。」

魔王の城へ二人で進みながらティンカーベルは僕に言った。

しかし、ティンカーベル「実はあの人はお得意様だったからアイツの城を知ってたんだ。」

ティンカーベルは僕を勇者として認めたらしく、魔王って存在を誰もが恐がっていたらしく魔王の城へは誰も近付かなかったらしかった。

だけど僕はコッチの世界の人間じゃ無くて魔王の存在も地位も知らないので少しも恐くなかったのだ。

そして、僕等は魔王の城に着いた。

魔王と言うだけ有って流石に城の大きさもデカいのだ。

これを見ると流石に僕も気が引ける、だけどティンカーベルとの約束を果たすつもりで、僕は前へ進んだ。

そし正門の前まで来ると僕はその扉をノックした。

ティンカーベル「何してんのよ、まさかここまで来てビビってるとか。」

実はそうなのだがティンカーベルの前なので本心は言わなかった。

ティンカーベル「変ね、鍵でも掛かってるのかしら、だとしたらドアを蹴破るのよ、こんな風に。」

と、言って見本を見せたのだがティンカーベルは小さいのでドアが開く程の力が無かったので次は僕が精一杯足に力を込めると、その後、ドアは開いた。

ティンカーベル「良し、中へ入ろうよ。」

そう言って僕は扉の奥へと進むのだった。

そして、奥へ進むと未来（みき）の姿をした石像が有った。

僕「これ僕の知ってる人だよ。」

僕がそう言うとティンカーベルは小さな杖を取り出し何やら呪文を唱えた。

そうすると魔法が解けたのか未来は元の姿に戻るのだった。

未来「本当はずっと貴方が来るのを待ってたんだからね。」

その言葉を聞いて僕は一発で未来（みき）の心中を見抜いてしまった。

本当は未来（みき）は強がってそう言っているのだと。

そして未来はこうも言った。

未来「魔王を倒しに行くよ、アイツも私の一瞬の隙を突いて私に魔法を掛けたんだ、だからアイツに復讐してやろうと思ってたんだ。」

他の人はどう思うかは判らないけど僕はその方が未来らしいやと思うのだった。

そして魔王の部屋まで行くと魔王の鼾が五月蝿くて多分今がチャンスだと思った。

だから魔王の部屋のドアを開いた。

だが魔王の部屋に入ると空気は一変した。

別に魔王自体がその空気感を醸し出しているのでは無い筈だ、魔王はまだ眠っていたけどこの威圧感はなぜだろう。

僕等は部屋に入ると一瞬凍て付く様な嫌な雰囲気に包まれた。

そうしていると眼を閉じたままでは有るのだが魔王は言った。

魔王「そこにいるのは誰だ。」

その声を聞いて僕とティンカーベルは震えるのだった。

しかし、未来は違っていた。

未来「私だよ、お前との決着を付けに来た。」

そう言った未来の言葉に勇気を貰えた気がした。

そして未来は言った。

未来「今度は前の様にはイカないよ。」

と、そう言うと未来はその手の中からレーザーブレイドを出し、今まで見た事のない速さで、魔王の身体を貫いた。

気が付くと魔王は縦一文字に二つに切り裂かれて、その二つに離れた魔王の身体は音を立てて床の上に転がるとやがて風化して全てが消え失せた。

それと同時に魔王の城も崩れ始めたので僕等は急いで外に出た。

外へ出ると冷たい雨が僕等の身体に降り注いだ。

すると未来の身体は暗い夜の中で光を帯びながら少しずつ透けていくのだった。

未来「今度は離すんじゃないわよ。」

僕「ああ、判ってる。」

僕がそう言うとティンカーベルは悲しそうな表情で僕に言った。

ティンカーベル「何処かへ行っちゃうの？」

僕「ああ、ここで君とはお別れだね。」

僕がそう言うと、そこで僕と未来は何も無い空間の中へ吸い込まれて、後そこに残されたのはティンカーベルだけだった。

～夢美とマスター～

　僕と未来が次に行った世界ではパーティーが行われていた。
　街中がパレードで賑わっていて僕達から少し離れた所では少し大きめのテントの中でウェイトレスとｃｏｆｆｅｅをグラスに注ぐマスターの様な人が、忙しそうにお客さんが頼むオーダーのグラスを配りながら注文を取っていた。
僕「何か手伝える事は無いですか？」
未来「そんなの放っとけば良いのに。」
僕「嫌、あの人達が困ってるのにそれを無視して僕等だけのうのうと進んだらきっと後悔すると思う、後からあの人達今頃どうしてるんだろうなんて事を思い浮かべたりするだろう。」
未来「う、確かにそれは有ると思う。」
その時マスターは僕等にこう言った。
マスター「貴方達は良い人なんですね。」
未来「いやあ、私達はそんなんじゃ……。」

僕は心の中で思った。

未来（みき）に言ったのじゃなくて僕に言ったんだよ、と。

僕「まぁ、皿洗いぐらいしか出来ないんですけどね。」

マスター「皿洗いでも助かりますよ、まあ忙しいのは良い事なんですけどね。」

夢美（ゆめみ）「有難う、私夢美って言うの、それでこの人はマスターって呼んでる本名は今でも知らない。」

マスター「夢美さん返事はそれぐらいにして早くしないとお客さんを待たせてしまいますよ。」

夢美「ハーイ。」

夢美はロリータ声でそう言うとまだ運んで無いお客さんは放っといて別のお客さんのオーダーを取りに行くのだった。

僕は結局あの夢美って娘がそんな事をしてるから何時までたっても注文だけ増えて、作業が捗（はかど）らないのだと思った。

しかし夢美はそうやってどんどん仕事を増やし続けるのにマスターは凄いスピードでｃｏｆｆｅｅを注（つ）ぐのに対し、夢美もそれに合わせて常人では熟せないスピードでお客さんに出来た物を運ぶので、何時（いつ）しか僕達も食器を洗うスピードが速く成っていくのだった。

未来「良い加減にしろよ、二人共それじゃあコッチの方が間に合わなく成っちまうだろ。」

と、ツイに未来はブチ切れてしまうので有った。

僕「そんなに切れても仕方が無いよ、この人達だってそんな風なつもりでしてるんじゃないんだから。」

そうしている内に在庫がなくなり終にオーダーストップが掛かってしまった。

夢美「お客さーんご免ね、マスターが在庫が切れたからオーダーストップなんだって。」

と、夢美は又、ロリータ声でそう言うのだった。

そしてやっと作業は終わりを告げるので有った。

そして僕はヘトヘトに成るのだったが未来の方を見るとまだ体力が余ってるらしく鼻息だけが荒くなってる様に思えた。

あれだけ動いたのに体力が余ってるのには感心するしか無かった。

マスター「凄いですね、私達は慣れているのでどうって事は無いのですが初めてにしてはよく私達のスピードに付いてこれましたね。」

僕「僕はもとい、あの未来だけはまだあの通り体力が余ってるから、多分今もまだ足りないのでしょうけど。」

と、言うとマスターは未来(みき)の方を見てこう言うのだった。

マスター「これからもヨロシクお願いしますよ、未来(みき)さん。」

何時(いつ)の間にか僕は未来(みき)の陰に隠れて存在が消えてしまったと思うのだった。

僕「それはそうとどうしてここへ来たのですか？」

マスター「ええ、実はあの夢美さんのロリータファッションのメイド服の上に付けている眼鏡が見えるでしょう、実はアレが原因なんです、あの不思議な眼鏡には不思議な力が有って夢美さんがあの眼鏡を付けたらそれが発動してオズの魔法使いの様に私達は元の場所からこの世界に来たと思うのです。

僕がよく街並みを見るとどうも僕達の住んでる世界の方が時間が過ぎているとしか思えない光景がそこには有るのだった。

そこにはもう何百年か前の世界が広がって見えたのだった。

マスターが言うには夢美以外の人がその眼鏡を付けても効果が無いらしいのだ。

僕「ところであの夢美って娘(こ)はいったい幾つなんですか？」

マスター「私も本当のトコは知らないのですが実際はあれでもう五十を過ぎてるんですよね。」

マスターからその言葉を聞いて驚いた、誰がどう見ても小娘にしか見えないのだ。

正直に言うとあのロリータファッションが似合うのも頷ける話なので有る。

こうして僕と未来は夢美とマスターと出逢ったのだ。

マスター「それでは夢美さん又、その眼鏡を嵌めて元の世界へ帰りましょうか。」

マスターはそう言うと夢見は眼鏡を嵌めるのだった。

僕はマスターに言った。

僕「貴方がその自分達が住んでた時間を教えて貰えますか、あっでも未来はどうも上手く時間を超える事が出来ないみたいですから。」

僕がそう言うと、マスターはキョトンとした顔で僕の事を見詰めるのだった。

僕「あ、今の言葉は否定はしませんが僕と未来も貴方達に付いて行きますから、では貴方達と共に元の世界に帰りましょう。」

するとマスターは言った。

マスター「じゃあ夢美さんお願いします。」

そうすると夢美は眼鏡を付けるのだった。

夢美がその眼鏡を掛けると未来と同じく何も無い空間に穴が開いて僕等全員でその空間の中に入ると穴は塞がった。

そして気が付くと僕等はマスターの店の前にいたのだった。

～マスターの不可思議な店～

　僕と未来（みき）がマスターの店でアルバイトとして雇い入れられてから今で丁度、一週間ぐらいが過ぎたのだろうか、今にして思えば最初に夢美が言ってた言葉は真実だと思う。

夢美「マスターの入れたｃｏｆｆｅｅって凄く美味しいんだよ。」

　僕と未来（みき）も今では病み付きに成る程の出来栄えで、世の中でこんなに美味しいｃｏｆｆｅｅを抽出出来る人がいたんだ、と思う。

　マスターはその昔に世界各地を渡り歩いて本当に美味しいｃｏｆｆｅｅとは何か、とか美味しさの丁度良い塩梅のブレンドの仕方に付いて学んで今の味に辿り着いたらしい。一風してマスターを見るとロマンスグレーが似合う紳士的な痩せ型の気の優しそうな只のオッサンとしてしか映らないのだがその存在は謎に包まれている。

　と、言うのも店の奥には幾つもの秘密の扉が有り夢美以外は誰もその扉の謎を知らない、夢美に聞いても彼女はあの通り馬鹿で天然で有るので聞いても正確な情報を入手する事など出来ないだろう、もしも聞いたとしたら、夢美「私まだ子供だから大人のやってる事なんて判んないよ。」

と、言うだろうし、夢美自体の存在もハッキリ言って謎でオブラートに包まれているのだから。だって年齢を聞いたのは確かマスターだったが、本当に五十を超えているとは言い難い只のイカれたゴスロリ娘だとしか思えないのだ。

そしてその日から数日が過ぎた頃、僕は一人でマスターに呼ばれたのだ。

どうやら店の奥の謎の扉を開いて僕にだけ教えてくれるらしいのだ。

僕「扉の向こう側はどう成ってるんですか？」

マスター「それは着いてからのお楽しみだよ。」

と、マスターはまだ扉を開いて中の様子を見せてくれないので何も今は判らないままで有る。

只、マスターが歩く度にその重そうなズボンのベルトにしっかりと結び付けて有る重そうな鍵束が、マスターが歩く度に薄暗い扉へと抜ける通路の中でジャラジャラと音を立てて揺れている様子だけが判るので有る。

すると、マスターが僕に言った。

マスター「着きましたよ。」

そして扉へ着き、マスターは鍵束の中から一本だけその僕等の目の前の扉の鍵穴に差し込むと扉を開くのだった。

ギィと古びた扉が開かれるとそこには僕が知ってる店の外の景色とは違う異世界が広がっていたのだった。

マスター「あのー私に付いてきて貰えますか。でないとここに有る透明の通路から下へ転落すると二度と元の世界には戻れませんからね。ですから、私の指示に従って歩く事です。」

そうマスターは言ったので僕はマスターの後に付いて歩く事にした。

そして、そこで僕が見た世界は未来と過去と、そしてその他のパラレルワールドへと続くと言われる世界だった。

辺り一面がパステルカラーに包まれた気温の無い世界の小高い丘の上でマスターは僕に言った。

マスター「良いですか、眼に映る世界だけが本当の世界では有りません。その世界など極一部の存在でしか無いのです、こうやって眼を閉じると又、別の世界の景色が浮かんできませんか、そうです頭の中でイメージを構築すると見えてきませんか、別の世界が、実は世界の中には時間軸と呼ばれる柱が有ってその時間軸の中で未来と過去とが融合し結ばれて三次元を結んでいるのです、俗に言われる四次元が平面と立体と時間とが重なり合って出来ているのです。」

僕が首を傾げていると、マスターが僕に言った。

マスター「今日はここら辺にしておきましょうか。」
そう言うとマスターは僕を連れて元来た道を歩くと何も無い筈の空間の中で何かのボタンのスイッチを押した。すると何も無い空間の中に突如として僕達の目の前に扉が出現した、その扉こそがマスターが鍵穴に鍵を差し込んで開いた扉だったと思う。
そして、マスターがその扉を開くと扉の向こうには未来と夢美がいた。
夢美「エヘヘ、未来も連れて来ちゃった、だって未来が店の奥を覗いてみたいって言うから。」
未来「何時私がそんな事言ったんだよ。」
マスター「夢美さん、嘘はイケませんよ、だって貴女だって犯罪者には成りたくないでしょう。」
僕は心の中で思った、マスターは随分と飛躍して言葉を発してる、嘘吐きは泥棒の始まりだから、その言葉の上だと、僕はそう判断したのだ。
しかし、これでマスターが未来と僕を受け入れてくれたからこそ、この場所の秘密を教えてくれたのだと、そう僕は解釈したのだった。

～未来（みき）が過去の自分と出逢った日～

未来（みき）「良いか、私の指示通りに動くんだぞ。」

未来（みき）は夢美にそう言ってマスターの眠ってる部屋に二人で近付くのだった。

夢美「ハーイ。」

と、夢美がそう言ったので未来（みき）は慌てて夢美の口を押さえたのだった。

未来（みき）はここ最近同じ夢を見てしまい目の下に隈（くま）を作っていた。

どうやらそれは未来（みき）にとって究明したい過去の出来事の様で、未来（みき）は夢美をマスターの部屋まで連れて行くと、夢美にあの時の扉とは別の過去へ開く扉を開く鍵を持ってくる様に指示したので有る。

過去の扉を開く鍵はあの鍵束に付いていてその鍵束の収納場所を知らなかったのだ。

それで夢美をマスターの部屋に連れて来たのだ。

ここでマスターの店を紹介しておくとマスターの店は街から少し離れた小高い丘の上に建っているにもかかわらず店の集客数は多いのは、マスターの注ぐｃｏｆｆｅｅの味に惚れた客がリピーターと成ってその噂がｃｏｆｆｅｅマニアに広がったお陰で店の実績と成り、店の収益を上げている為で有った。

未来が指示を送ると夢美はマスターの机の引き出しの中から鍵束を持ち去るのだった。

未来「よおし、そのままで音を立てずにコッチへその鍵束を持ってくるんだ、後でキャンディーをあげるから上手に持ってくるんだ。」

と、未来はまるで夢美の事をお子様と勘違いしてる様子だった。

夢美「私、キャンディーなんて欲しく無い、それよりマスターが入れたｃｏｆｆｅの方がずっと美味しいんだモン。」

と、そう言った夢美もマスターのｃｏｆｆｅｅの味に惚れ込んだ一人で夢美はその味に惚れてここに住み込みで働くように成ったのが、夢美の経緯なのだ。

未来「良いから早くその鍵束を持って過去の扉を夢美の手で開くんだよ。」

そして、夢美がその鍵束の中から一つを選んだ。

夢美「有った、これだよ未来。」

その鍵を見た未来は目が点に成った。

未来「こんなの探さなくても普通判るだろう、鍵に判り易い様に札が付いててそこにマジックで少しインクが滲んでるけど過去って書いて有るんだから。」

夢美「だってフリガナが付いてないから解読するのに時間が掛かったんだモン。」

未来「まったく、お前は底なしの馬鹿だな、あっゴメン少し言い過ぎたかな？」

未来がそう言ったのは夢美がウルウルし始めたからだった。

未来「良い娘は泣いちゃダメだからね。」

未来はまだ夢美の年齢を知らなかったのだ、もし知ってたら作者も想像するのが恐いから、ここでは控える事にする。

と、言う訳で扉は開かれて二人はその中へ入って行くのだった。

未来「どうやら着いたみたいだよ。」

と、未来は公園の中に居た、そして夢美の方を見ると砂場で砂遊びをしているペアの幼子が居た。

その中に交じろうと夢美はその場所へ行こうとしてた。

未来はその子等が気付く前に後手で夢美の首根っ子を掴むのだった。

夢美「私、猫じゃないモン。」

だがその後、夢美は拳を前方に倒すと「ニャーン。」と鳴いた。

未来はズルズルとその幼子から夢美を遠ざけるのだった。

未来と夢美が見ている幼子こそ過去の未来で有り、もう一人のパートナーの名が有くんと過去の未来がそう呼んでいた。

そんな時だった。

有くん「もう未来ちゃんと逢えないかも知れないんだ。」

過去の未来「どうして、なぜそんな事を急に言うの？」

と、過去の未来は少し困惑しながらそう言った。

有くん「あのね、パパの都合で遠くに行く事に成ったんだ。」

すると、過去の未来は急に青褪めた顔に成って有くんに言った。

過去の未来「今日はもう良いよ、有くんが行く日まで又、一緒に遊ぼうね。」

と、そう有くんに告げてその場を去って行くのだった。

過去の未来の足跡には大粒の涙の跡が有るのだった。

未来「そうだったんだ、過去の私はあの時有くんの前で泣きたくなかったんだ、そうと判れば、夢美、私達先回りするわよ、あの頃の私よりも当然今の私の方が足が速いから。」

と、そう言うと二人共既に駆け出していた。

未来の方は昔住んでいた自分の家なので当然知っている訳なのだが、夢美の方は未来が走るスピードに追いて行くのがやっとで未来の家に着く頃には息が上っていた。

未来は自分の家まで来ると少し迷っていたのだった、と、言うのも現在の自分がイキナリの訪問で親と出逢うのだから、昔の母が現在の自分を受け入れてくれるのだろうか、という問題だった。

だが、そんな未来の心配を余所に未来の目の前には未来の母が庭に咲いている花に水を与えていたので未来は思いきって母の前に飛び出すのだった。

未来「ママ、私だよ。信じられないかも知れないけど長く逢えなくてご免ね、私は未来よ、遥か未来から事情が有って今、ここに来てるんだよ。」

未来の母は突然の現在の未来が訪問して来たので最初は戸惑ってはいたが未来の熱意、そして少しは面影が残っていたのか、目の前にいるのが現在の未来で有る事を直ぐに察知して判断してくれた様で未来の後ろにいる夢美も自宅に上げるのを許可するのだった。

未来の母「そんな所に居ないで早くお上がりなさい、もう少ししたらあの娘が帰ってくるから。」

そう言って二人を家の中へ招き入れるのだった。

そして台所まで行くと二人に温かいお茶を盆の上に載せて居間まで運んでくれたのだった。

未来の母「こんな物しか出せないけどもし良かったらそれでも飲みながら会話しましょうよ。」

と言ってくれたので未来は内心ホッとするのだった。

そして夢美の方はお構い無しに目の前に差し出されたお茶を一気に飲むと。

夢美「おかわり。」

と、言ったので未来は慌てて未来の母に言うのだった。

未来「この娘の言う事は気にしないで下さい。」

と、だけ言うと未来の母は、
未来の母「二人共何か事情が有ってここへ来たんでしょ、私で良ければ話して欲しいんだけど。」

と、そう言ってくれたので未来は今までの経緯を自分の母に話すのだった。

その話を理解して貰えた様で未来は安堵の息を吐いた。

その時だった、玄関の開く音がしたので、未来の母は言った。

未来の母「どうやらあの娘が帰ってきたみたい、少しの間あなた達が見え無い所に隠れてて欲しいんだけど。」

そう言ったので未来と夢美は姿を隠す事にするのだった。

未来の母「どうしたの、涙で顔がビショビショだよ、さあ洗面所で洗ってらっしゃい。」

と、そう言うと未来と夢美に合図した。

未来の母「今の内にこの家からそっと出て行くのよ。」

と、そっと幼い未来に気付かれない様に告げるのだった。

未来は心の中で思うのだった。

ありがとう、と。

未来「夢美もう用事は済んだし今までの心の中の蟠りも取れたからもう私達も元の世界へ帰るわよ。」

夢美「ハーイ。」

未来達が帰った後で未来の母は幼い未来に話すのだった。

未来の母「どうしたの未来ちゃん、ママが聞いてあげるから何でも話すのよ。」

すると、幼い未来は又、泣きながら言うのだった。

幼い未来「あのね、有くんがね、もう逢えないんだって言ったの。」

未来の母「きっと有くんの家にも事情が有って未来ちゃんにそう言ったのよ。」

そうして、未来の母は幼い未来を背中から優しく抱くと軽く頭を撫でながら言った。

未来の母「今はもう眠るのよ、そうすると悪い夢や今の事も忘れるから。」

そして未来と夢美も現実の世界へと帰るのだった。

ちなみにだがその時、時刻はまだ午前四時頃だった。

現実の世界と過去との間には時差が起きるのだ。

～時間列車に揺られながら～

気持ちが焦っているのは判っていた。

だけど今逢わなければもう永遠に逢う事が、出来なくなる。

多分その気持ちだけで今の自分を衝動的に突き動かしているのだろう。

只今は窓の外の景色をボンヤリと見詰めているだけの行動しか取ってはいない自分がいる事は判ってはいた。

でも、こんな熱い気持ちにさせたのは彼女のせい？　それ共自分が勝手にそんな気持ちに成っているだけなのだろうか。

只、今の自分では彼女に逢わなければ答えなんて一生判らずに只時を費やしていくだけなのだろう。

とにかく逢わなければと言う思いでこの列車の切符を手に入れたのだった。

そして列車に揺られる度にフと何時もの自分に戻る時が有るのだ。

この列車を降りて改札口を抜けても多分あの人に逢わなければ本当の答えなんて実際には出ないのだろう。

こんなにセンチメンタルにさせたのは恐らく彼女だったからなのだろう。

だからもう一度逢う事でしか、自分の気持ちに決着が付かない事ぐらい判ってはいるのだが……そんな事を考えながら只列車に揺られながら窓に映る景色を眺めていた。

この列車を降りてあの駅に着けばあの人がいるかも知れない、そしてあの人がいたとしたのなら切なさは全て消えてしまうのだろうか。

列車が駅に近付けばこの胸の痛みなど何処かへ消し飛んでしまうのだろうか。

まだ判らなくて只時間だけが過ぎて行く様な気もしていた。

そんな矢先に突然強引な形でこの列車は止まるのだった。

そして、列車が止まった後に車内放送が流れた。

それは聞き覚えのない声だった。

犯人A「ハローボーイズ&ガールズ。君達は今この止まった列車の中で自由を奪われているのだ、つまりケージの中で閉じ込められている小鳥と一緒なのだ、だって僕ちゃんのフレンドが出入口を塞いでいるのだから。」

その時だった突然銃声が車内に響き渡ると人が倒れる音がマイクの中に挿入してきた。

その音を聞いた同じ車内にいる人達の顔が蒼褪めていくのが自分の眼に飛び込んできたのだった。

そしてこれは現実に起きた事なのだと実感させた瞬間でも有った。

そして、数秒後犯人のものなのか、それ共この列車の車内の客のものなのか判らない銃声が響いた。

そして犯人のマイクを取り上げた人が言った。

その人「我々は君達の生命の安否が何より心配だ、多分我々の事はよく理解出来てないのだろう。」

その声が終了するとこの車両の中央部分に犯人に突き付けた銃を持って犯人と一緒にマスクを被った男が出現した。

そして、こう言った。

その男「我々の事はレジスタンスと呼べば良いだろう。」

その声はヘリウムガスか何かで変えられていてカン高い声がこの車両の中で響くのだった。

そして僕等を乗せた列車の角度が急に変わると列車が落下していく感覚が有った。

だが、その感覚が失くなると同時に列車が宙に浮かんだ感覚も有り、そしてその感覚も失われると列車の窓の外には人影が見えたのだった。

その人影は女性の姿をしていて金髪の髪が風の中で揺れると自分と同じ車両の人が言った。

郵便はがき

料金受取人払郵便

新宿局承認

7552

差出有効期間
2024年1月
31日まで

(切手不要)

160-8791

141

東京都新宿区新宿1－10－1

(株)文芸社

愛読者カード係 行

ふりがな お名前		明治 大正 昭和 平成 年生 歳
ふりがな ご住所	□□□-□□□□	性別 男・女
お電話 番号	(書籍ご注文の際に必要です)	ご職業
E-mail		

ご購読雑誌(複数可)	ご購読新聞 新聞

最近読んでおもしろかった本や今後、とりあげてほしいテーマをお教えください。

ご自分の研究成果や経験、お考え等を出版してみたいというお気持ちはありますか。

ある　　ない　　内容・テーマ(　　　　　　　　　　)

現在完成した作品をお持ちですか。

ある　　ない　　ジャンル・原稿量(　　　　　　　　　　)

書　名			
お買上 書　店	都道　　　　　市区 府県　　　　　郡	書店名	書店
		ご購入日	年　　月　　日

本書をどこでお知りになりましたか?

1.書店店頭　2.知人にすすめられて　3.インターネット(サイト名　　　　　)

4.DMハガキ　5.広告、記事を見て(新聞、雑誌名　　　　　)

上の質問に関連して、ご購入の決め手となったのは?

1.タイトル　2.著者　3.内容　4.カバーデザイン　5.帯

その他ご自由にお書きください。

(　　　　　)

本書についてのご意見、ご感想をお聞かせください。

①内容について

②カバー、タイトル、帯について

弊社Webサイトからもご意見、ご感想をお寄せいただけます。

ご協力ありがとうございました。

※お寄せいただいたご意見、ご感想は新聞広告等で匿名にて使わせていただくことがあります。

※お客様の個人情報は、小社からの連絡のみに使用します。社外に提供することは一切ありません。

■書籍のご注文は、お近くの書店または、ブックサービス(0120-29-9625)、セブンネットショッピング(http://7net.omni7.jp/)にお申し込み下さい。

同車両の人「あれは、ミスクライムエンドだよ。」

その声を聞いて同じ車両に乗った人々が口を揃えて言った。

「あれは確かにその通り、ミスクライムエンドだ。」

他の人も言うので確かにそれが正解なのだろう。

でも、自分はワンダーウーマンか何かと勘違いしてる女の人だと思った。

しかし自分の答えが間違っている事に後（あと）から気付くのだった。

ミスクライムエンド「もう心配しなくても大丈夫よ、この列車は谷底へ転落する前に私が安全な場所に置いたから、じゃあ皆、私はここでグッバイするからね。」

と、言ってマントを翻すと何処かへ飛び去って行くのだった。

自分は時間列車の切符を握り締めるとこの列車が再びレールの上に載せられる感覚を覚えるのだった。

しかし、あの女の人の顔は間違い無く沙織（さおり）さんの顔と一致する、頭の中でそう考えた自分はウトウトしてる間に列車は駅へ辿り着いて、プシューっという汽笛の音で目が覚めて、列車から降りる。そこは駅のプラットホームの中で駅の改札を抜けて歩くと外に出るのだった。

以前沙織さんがテーブルの上に置いた手紙だけをYシャツの胸ポケットに折り畳んだまま入れて街を歩くと目的を果たすべく自分は、沙織さんのいる会社までの道程を只歩くだけだった。

その頃ミスクライムエンド（正体は沙織）は、会社へ着くと自分の部屋の壁掛時計の針を見てミスクライムエンドの衣装を脱ぎ、自分の部屋を出て会社のタイムカードを押すのだった。

沙織「まったくこの会社は人使いが荒いんだからどうせ残業手当は付かないんだから。」

そう言ってタイムカードを押すと会社から出て行くのだった。

そして、会社を出るとそこでバッタリと孔作(こうさく)と再び出逢うのだった。

沙織「どうして貴方はこんな所にいるの？」

孔作「逢って伝えないと自分の気持ちに嘘を吐く事に成るからねぇ。」

沙織「私、今から家(うち)へ帰る所だったのよ。」

孔作「自分の中でもあの熱い一夜の事が忘れられなくてね。」

沙織「だってあの後、仕事に行くって置き手紙をしたでしょ。」

孔作「もう一度だけあの夜の二人に帰ろう。」

こうして二人は又、元の鞘に戻るので有った。

マスター「どうですか夢美さんこの話は。」

夢美「ご免ね、マスター私もう眠いから部屋に帰って寝るね。」

マスター「まったく夢美さんは幾つに成っても大人に成ってくれないのですね。」

～マスターと二人で～

マスター「どうしたのですか、もう仕事は終わったんですよ。」
僕「ご免マスター今夜だけ二人で男どうしで過ごすってのも。」
マスター「時にはそうするのも良いですね、私も毎日夢美さんの回路に合わせるのも疲れますからね。」
そうなのだ僕と未来（みき）もマスターの店で住み込みで働いてからの日数を数えながらそう呟くのだった。
マスター「いやぁ、私も店を離れて街に繰り出すのは、久しぶりですよ、なんと言っても店には夢美さんがいますからねぇ、放っては置けないでしょう、ですから貴方が誘ってくれたのが、実際嬉しいんですよ。」
僕「でも今は、マスターは男が一人じゃなくて僕がいる訳ですし、それに夢美なら未来（みき）に任せとけば良いんですよ。」
マスター「でも一人でいる時にはどうしても夢美さんの存在が気に成ってしまって。」

僕「偶にはマスター面と向かって話すのも良いと思うし、ホラあれですよ、一人で飲みたい時も有るけど、話相手がいないと寂しいでしょ。」
マスター「そうですね、今日ぐらいは許されるでしょうからね、あっ、そう言えばまだ私の昔の事を言う機会が無かったから話してなかったですよね。」
そして、マスターは自分の昔の話を僕に教えてくれるのだった。
マスター「これでも店を出す決心をするまでは夢や野望も持ってはいたのですよ。私なりにですけどね。」
マスター「よく井の中の蛙は大海知らずって言いますよね、なので私も世界を回ってｃｏｆｆｅｅの研究をしたんですよ。」
僕「成程それで今の腕に成ったんですね。」
マスター「実を言いますとｃｏｆｆｅｅだけの追究バカリが私の全てでは無いのですよ、他にも世界を巡ったので貴方達の知らない事も幾つかは知ってはいますよ、後々(のちのち)には判るとは思いますけどね。」
僕も、マスターの平然とした態度から、この人はまだまだ隠された才能が有るのではと、思っては居たのだが。
こうしてマスターと喋ってると時間を忘れてしまいそうだったのでここら辺で僕達は店に帰る事にするのだった。

マスター「見てごらんなさい暗く成ると星も綺麗に見えますが、あの星も昼間は太陽の輝きで自分達の輝きを失ってるだけなのですからね。」

そう言われて見るとそうとも思えるのだが、僕等の眼にはその輝きが見えないだけで、本当は光ってはいるのだが、今は朝に成るまでのその輝きを出来れば束縛せずにと願うしか無かった。

そうしてマスターと二人で店に帰ると未来(みき)は店中に響き渡る様な鼾を掻いて眠っていたので有る、そしてその鼾の犠牲者が夢美だったので夢美はマスターが帰ってくるとマスターに言ったのである。

夢美「マスター良かった良い所に来たね、実はね、未来(みき)の鼾が五月蝿くて眠れなかったのよ。」

僕は未来(みき)らしくて良いとは思ったのだが少し夢美も可哀想でも有ると思うのだった。

～サイキック株式会社～

僕達はマスターが造ったスペースシャトルの様な宇宙船に乗って地球から一番近い惑星で有る火星に向かって出発した。

地球から一番近いと言っても月よりも遠いので大変な距離に成るのだがマスターが造った宇宙船も結構な出来栄えで僕が少しウトウトしてる間に目的地の火星に着いた。

だが火星に着いても別に目的が有る訳でもなく、結局宇宙船に着く範囲内でしか移動が出来なかったのだ。

仕方無くトボトボと歩いているとそこに有ったのは地球でも見た事の有る様なビルディングでしかも看板も電光掲示板で出来ていて、それにはサイキック株式会社とまで記されていた。

当然興味が惹かれたので中に入ってみる事にした。

するとその中は地球のアミューズメントパークみたいな造りで展示品や社内案内バカリでは無くコンビニまで有った。

恐らく、僕達バカリでは無く多くの人達が、興味を示す造りで有ると思う。しかもそのコンビニが地球でも有名なモノだった。

　ここでは敢えてその名は出さないが国内でも、ＣＭが流れる程有名な物だった。

　そのコンビニの中ではロボットでは無く人間の店員だった。

　それは良しとして一つだけ疑問に思ったのが、僕達は火星で有るにも拘わらずここでは普通に呼吸が出来るという事だ。

　それが気に成って僕は一人で会社の外に出てみた。

　そうすると外には木や他の動植物も普通に有ってしかも水路まで有るのだ。

　と、いう事はひょっとしてこの会社の力なのか。

　よく見ると電力会社まで有ったのだ。

　僕は思った、どうして今までそれに気付かなかったのだろうと、そして現在の科学力にも感心したのだ。

　皆を待たせるとイケないので僕は会社の中に入ってそのコンビニの中に入ったのだ。

　すると中にはまだ僕が知ってる顔触れが有った。

　未来（みき）「おう早く来なよ、もう皆買物は終わってるけどお前が来ないから待ってたんだ。」

　どうも最近思うのが未来（みき）が男っぽく成ってる事だ。

　どうやら今はキャンペーン中で千円以上買うとクジ引きが出来るらしい。

皆はレシートを集めてクジを引いたらしいのだ。

マスター「私はクジ運が良いのか特賞が出ましたよ。」

そう言ってそのクジの店内看板を見ると特賞は４～５人で豪華温泉の宿泊券だった。

そして、コンビニを出て一方通行の道を歩いて先に進むとスポーツジムが有った。

と、いっても普通のジムではなくてジムの看板の下にも小さくサイキックの文字が記されていた。

そこでは金髪で腰までのロングヘアーで青い瞳をした、まだ三十歳には満たないで有ろう娘が筋トレをしていた。

すると筋トレが終わったらしく、今度は自身の気がマックスに成ったのか壁に向かって肉眼では眼に入らない何かを放出しているのだった。

スージー「フゥ、マダマダデスネ。」

と、そう呟くとその娘は飲みかけのコークを一気に飲み干した。

そして、その娘は僕達を見ると驚いた様子でこう言った。

スージー「ワオ、アナタタチコンナトコロデナニヲシテイルノデスカ。」

と、叫ぶのだった。

僕「別に僕等は怪しい人じゃ無いよ、それより君こそこんな所で筋トレは判るんだけど、それよりも、今壁が凹んだ気がするんだけど何をしたんだい。」

スージー「ワタシハ、イマサイキックノサイコキネシスヲツカッテカベヲハカイシヨウトシタノデス。」
マスター「ほう、超能力ですか、東洋では気功とか呼ばれている技ですね。」
スージー「シツレイシマシタジコショウカイヲワスレテイマシタ、ワタシノナハスージートイイマス。」
と、スージーは片言の日本語でそう言うのだった。
すると、そこへビシッと決めた黒いスーツを着た外国人が現れてスージに向かって言ったのだ。
その男「お嬢様イエ社長、又壁に向かってサイコキネシスで気を送ったのですか、これでは壁を修理しても又、同じ事の繰り返しです、壁を修理する業者にも謝りっぱなしですので、私も頭が上がりませんよ、これ以上やったらもう面倒見れませんよ。」
と、言う外国人は日本語が堪能だった。
スージー「イイデスカトーマス、サイキックハヒビノケイコデレベルヲアゲルシカナイノデスヨ。」
トーマス「しかし、社長がここへ送られたのは制御不能なので送られたのですよ。」
すると、そのトーマスと呼ばれる人は僕達に自分の名刺を配るとこう言った。
トーマス「申し遅れましたが私の名はそこにも記されての通りトーマスと言います。

ここにおられます、お方こそこの会社の支店火星支部と全ての会社の社長であるスージーで今会社の会長がこの方の父上なのです。」

スージー「ソウデスパパハアメリカニアルホンブデカイチョーヤッテマス。」

未来「なんか肩書きだけは凄いけどどうしてその社長さんがここにいるんだい。」

トーマス「お嬢様は幼少の頃より超能力の力のレベルが凄かったのです、それで前社長で有るスージー様の父上が元々超能力開発の分野で特許を取ってその資金で会社を設立したのですがお嬢様の身体が大人に成るにつれ、お嬢様の力も又、巨大に成り遂にはそのパワーのコントロールの歯止めが利かなくなってここ火星支部へと送られると同時にお嬢様を社長にして父上は会長へと転じたという訳です。」

僕「まさか作者が意図的に枚数を稼ぐ為に話を付け加えたんじゃ無いんだろうな。」

トーマス「その様な事は私は存じ上げませんが。」

スージー「ワタシハココデモカマワナイケド、モットサイキックノシュギョウヲシテモットソノパワーヲヤシナイタイノデス。」

未来「それなら地球へ来なよ、マスターの店の奥には幾つも部屋が有ってその超能力も使い放題だよ、スマホのパケ放題みたいにね。」

マスター「それなら未来さんの提案通り私の店へ来るのが正解ですネ、私もスージーさんを歓迎しますよ。」

こうしてスージーも僕等の仲間に成った。

マスター「でも一つだけ気に成る事が有るのです。今まで黙っていましたが私が仕上げた宇宙船の燃料が切れたのです。」

スージー「オー、ソレナラシンパイイリマセン。ワタシノサイキックパワーデチキュウマデハコビマスカラ。」

トーマス「でも会社の運営の方はどうするのですか?」

スージー「ソレモシンパイイリマセン。ワタシガカセイヘテレパシーヲオクリマス、ソレトドウヨウニツウシンナラ、ワタシガムコウカラファックスヲココヘオクリマス。」

そのスージーの言葉にトーマスも納得した様で、

トーマス「お嬢様長い間お世話に成りましたね、ではお身体に気を付けてイッテラッシャイ。」

と、トーマスは涙を浮かべながらそう言ったのだった。

そしてマスターの宇宙船は地球へ向けて出発するのだった。

～怪盗現る～

マスター「暫く店を離れて営業許可の申請に行ってくるので店の留守番を頼みますよ、皆さん。」

マスターが皆さんと言ったのは夢美一人に押し付けるのが忍び無いし、夢美一人に任せるのが不安だったからだ。

しかし店を定休日にしないのは僕達と今度メンバーの一人に成ったスージーがいるからだ、そのスージーなのだが超能力の力でお客様の所まで運んでくれるので結構役に立つのだ。

接客は出来ないが洗い物の方もその力を使って洗ってくれるのだ、接客の方は夢美の方が上手いのだが未来(みき)はスージーが入ってから結構暇そうで、でも今度はマスターがいないので会計の方を任せる予定で有る。

当面はそれで店を回していく予定で有る。

すると今度は僕の方が暇に成ってしまったので一応は今言ったメンバーで店の方は回していけるので僕は買い出しの序でに久しぶりに外の空気でも吸おうと思って外へ

出た。

何かトラブルが起きた場合は僕のスマホに電話が掛かってくるので別に心配はしていないのだ。

それで僕が一人で外を歩いていると突然警官が怪しい存在を見ませんでしたかと、僕に聞いたので僕は言った。

僕「何か起きたんですか」と警官に聞くと、どうやら美術館に予告状が届いたという話だった。

僕が店に帰ると丁度マスターも帰ってきたので、全員にその話をしたらマスターが帳簿に使っているパソコンでその事を調べ始めたのだった。

マスター「貴方が警官から聞いた話だと、どうやら今世間を賑わしている女怪盗が今度はこの街の美術館を今回のターゲットにする様です。」

と、答えるのだった。

そして店が閉まってからその予告時間に僕等全員が行く事に成った。

皆、好奇心旺盛の面々なので連れ立って美術館へ向かうのだった。

夜の美術館は人の気配が無いので化物でも出現する雰囲気で有る。

静まり返って結構不気味でも有る。

僕が時計の針を見ると予告前の時間に成っていた。

そろそろ例の怪盗が動き出す筈で有る。警備の方も順調に進んでいるがどうして僕達が中に入れたのかというと、夢美が空間に穴を開けてその穴が閉じると美術館の中にも別の穴を開けて僕達はその穴から出たのだ。

そうして、予告の時刻に成ると警備している人が後ろから後頭部を殴られて気絶したのだった。次々と警備員が倒れる中で怪盗は目標とするターゲットへと向かうのだった。

そして目標とするターゲットの近くまで来ると、ブラックライトを点けた。

そしてブラックライトで周りを照らすと肉眼では見えない筈の赤いレーザー光線が蜘蛛の巣の糸の様に張り巡らされていた。

それを躱しながら怪盗はターゲットに近付くと自分が持っている袋の中へと約束の品物を入れると、又元の様にレーザー光線を躱しながら倒れている警備員を尻目にして美術館から脱出するので有った。

麻依（まい）「ここまで来ると一安心ね。」

そう言って怪盗で有る麻依は頭に被っていた薄手の黒いマスクを剝いだ。

マスター「見事にターゲットを手にしたつもりでしょうがそれは偽物です、本物なら今は元の場所に返して有りますよ。」

麻依「どういう事なの。」

ここでその事を説明すると警備員が倒れた後に夢美が、麻依がブラックライトを点けてターゲットまで近付く間に空間に穴を開けてそのターゲットの所まで来てターゲットを擦り変えたのだった、そして麻依がターゲットの偽物を奪った後で又、本物のターゲットを元の場所に戻したのだった。

麻依「どうやら茶番劇は終わったみたいね。」

すると、麻依は後頭部にチョップを入れられて倒れるのだった。

そのチョップを入れたのは未来（みき）だった。

麻依が再び眼を開けた時には麻依は自分の部屋の中にいたのだった。

麻依が倒れた後にマスターが麻依に気付かれぬ様に発信機を付けたのだった。

そして麻依は起きた後に自分の家に向かったので後はその発信機を辿れば麻依の家が判るのでベッドの上で眠った麻依が起きた時には僕達がそこにいるという訳で有る。

麻依「最初からシナリオは出来ていたのね、私の名は麻依よ、名字は表札に付いてるでしょ、でも悲劇よね、貴方達は私を死なせてもくれないのだから、私に自首しろって言うの。」

マスター「違いますよ、貴女のその腕が有ればもっと社会に貢献する事が出来ると思ったからです、それに私の店には過去と未来に行ける扉が有るので貴女が何度死んでも過去に行って現在の貴女では無くて過去の貴女を連れてくれば良いのですから。」

そこまでマスターが言うと麻依は項垂れたのだった。

麻依「完全に私の敗北ね。」

僕「死なないで生きてさえいれば何度でも失敗は取り戻せるけど僕達がいない場所でアンタがもし死んだとしたのなら全ては終わってしまうからね。」

そして、今まで言わなかったが彼女は実はお嬢様なのだ、そして彼女は家を売却するとマスターの店に来た。

マスターの店に来た麻依の顔は以前とは違う明るい表情だった。

麻依の話はここまでにして後は秘密にしておく事にしておこう、その先の話まですると、麻依に叱られるので後は読者の想像にお任せにしておこう。

〜その人の名は麗奈（れいな）〜

マスター「もう秋に成ったみたいで周囲の風景も山々も緑が影を潜（ひそ）めて大分朱の色が顔を覗かせてきましたねぇ。」
僕「マスターは何松尾芭蕉みたいな事言ってるんですか。」
未来（みき）「オメェ昨日の酒が残ってんのか？　それとも何処かで頭打ったのかよう。」
夢美「違うよ、未来（みき）が昨日の夜にきっと網打ち式バックドロップで一本取ったからだよ。」
と、夢美はケタケタと笑いながらそう言うのだった。
麻依「夢美は何時（いつ）も気楽で良いなあ。私なんか何時（いつ）もお宝が何処かに無いかパソコンや携帯のサイトを開いて調べてんのに。」
未来（みき）「泥棒してた奴の言う事を信用しちゃダメだぞ夢美。」
スージー「ニホンジンノジョーシキワカラナイデスネ。」
未来（みき）「スージーお前は早く奥の部屋へ行って修行をしてろ。」
マスター「皆さん、静粛にして貰えませんか、私が今から発表しますので、実は紅葉狩りを計画してましてね、今度店を閉めてバスツアーでもしようと思ってるんですがね。」

一同「賛成！」

皆は急に眼の色を変えて声を揃えてそう言うのだった。

と、言う訳で皆でバスツアーで出掛ける事に成るのだった。

バスの中では皆楽しそうに声を上げていたのだった。

そして、目的地へ着き僕がブルーシートを広げるとその上で夢美が寝転がってハシャいでいた。

未来（みき）「こいつ、もう子供みたいにハシャいでやがる。」

麻依「ああ、夢美はお子ちゃまだからな。」

麻依は、ポテチを頬張りながらそう言ったのだった。

スージー「ニッポンノケシキハウツクシイデスネ。」

マスター「良かったこれでここに連れてきた意義が出ますよ。」

僕「アレ、マスターって泣き上戸だったっけ。」

マスター「違いますよ、外の空気が目に染みただけですよ。」

そして、アルコールが入ると場の空気は急に変わるのだった。

未来（みき）「早く次の酒持ってくるんだ。」

スージーはアルコールが入ると急に拳法をし始めた。

どうやら、スージーはアルコールに飲まれているらしい。

僕「どうしたんだ麻依、こんな所で地図を広げて。しかも宝石店やら美術館を虫眼鏡で見付ける様にして。」

麻依「シッ、今次のターゲットを確認してる所だ、邪魔しないでくれる。」

どうやら麻依は昔の癖が抜けていないのか、それ共アルコールが入ったからなのか少し訝しい表情で地図でチェックして有る一点を見詰めていた。

一方スージーはデジカメで写真バカリを撮っていた。

スージー「ヤッパリジャパンハシキガアッテイイデスネ。」

僕はアルコールが入ったのでトイレに行って用を足す事にした。

すると、トイレの中で女性の恰好なのに男子トイレに入ってる人を見付けた。

麗奈「私(わたし)はこういう者です」と、トイレを出ると、その男だか女だか判らない人は僕に名刺を配ると、
麗奈「お兄さん男前ね、良かったら今度私の店に来て遊ばない。」

その人が僕に手渡した名刺を見ると、どうやら、その人はオカマバーに勤めているらしく、その名刺には源氏名で麗奈と記されていた。

その人は僕の事が気に入ったらしくトイレから僕達のいるブルーシートまで付いて

来たので有る。

そして、僕の隣に座ると慣れた手付きで酒を注いだ。

未来「お嬢さん、コッチにも酒を注いでくれる。」

と、未来は完全に酔っている様でこの人が男が女かの区別も付いてなかった。

マスター「お嬢さん、私の店に来ませんか。」

と、マスターはその人をスカウトしている。僕はその人の素性を知ってはいるが見て見ぬフリをして、その内自分の所に帰るのだろうと思っていた。

すると麻依が僕に耳打ちしてきた。

麻依「この人ってホントは男だろ。」

どうやら麻依は元泥棒としての勘が働いてこの人が男なのかも知れないと云う核心に触れて来た。

スージー「ワッツビューティフル。」

スージーが云う通りこの人は本当は男なのに、その美貌は遥かに一般の女性の人を凌駕していた。

そして、マスターが暗く成る前に店に帰ろうと僕に合図をしてきた。

僕もマスターの申し出を受け入れる事にして皆でバスに乗ろうとすると、バスまでもその人は付いてくるのだった。

そして、バスに乗る前にマスターにその人は、言うのだった。

麗奈「あの店を前から辞めるつもりでした、だって安い賃金で働かされるのが疲れてしまったから。」

マスター「貴女さえ良ければ私の方は何時でもＯＫですよ。」

麗奈「ハイ、そうします、別に私の方は荷物は少ないので今からそのバスに乗って貴方の店に行っても良いですか。」

と、そう言うとその人はバスに乗り込むのだった。

そしてバスの中ではガイドまでするのだった。

麗奈「ここは降りますと右手に見えるのが。」

と、異常にガイドも上手いので何時の間にか皆の心を上手にコントロールして、終いにはバスの中で歌まで披露する有り様で、皆の心の中に自分の影を落としていくのだった。

しかも、彼と呼べば良いのか、彼女と呼べば良いのか歌の方もメッチャ上手で、次第に僕の心も溶けていくのだった。

そしてバスから降りてマスターの店に到着すると全員に名刺を配るのだった。

未来（みき）「えっアンタ男なのか？」

えーと夢美は放っておいて、

麻依「私の勘に狂いは無かったって訳ね。」
スージー「マスターサンコノヒトハツカエソウデスヨ。」
スージーの方も社長というだけ有って人を見抜く力は本物である。
と、言う訳で何時の間にか麗奈は皆の心の中にスムーズに入って行くのだった。

～ライ心の中はインディアン～

冬が近付くとこの店の中も寒く成り僕達の心の中にも冷たい風が吹いてくる様だ。
マスター「私からの提案なのですが南半球なら暖かいので全員でナスカの地上絵で有名なナスカ高原に行って身体を暖めるのはどうでしょうか。」
一同「賛成。」
どうも、このメンバーは僕も含めてそうなのだが皆、ノリが軽いのだ。
マスター「私が鍵を開けて扉を開くのは簡単なのですが行った先で鍵を落としたら元の場所へは戻れませんのでここは夢美さんにお願いしてはどうかと思いまして、では夢美さんお願いします。」
夢美「ハーイ。」
どうも、夢美が能天気なのは判るが夢美も易く受け入れてしまうのはどうかとは思う、本当に夢美は心の中まで空っぽの様で有る。
夢美は返事をして直ぐに眼鏡を掛けると、お約束通りに空間の中に穴が開いた。
マスター「それでは皆さん空間の中の穴が閉じる前に中に入るのです。」

マスターがそう言ったのは僕と未来とマスター以外の人物は全員が夢美のこの不思議な能力を知らないからで有る。
そして夢美は目的地を察知するとその力を使って又、空間の中に穴を開けるとナスカの大地へと降り立つのだった。
今僕達は南アメリカ大陸の大地の上にいるのだ、マスターの提案で考えてみれば僕達が、住んでいる日本からすると赤道の下を通る場所で日本の裏側の近くの世界にいる事に成るのだ。
マスター「ここは日本からすると略裏側って事に成りますが思ったよりも意外と涼しく感じますね。」
麻依「そりぁそうよ、だってここは広くて吹き抜けなんだから当たり前よ、でも、ここの近くには昔のインカ帝国の文化が有るんでしょ、想像するだけでワクワクするわ。」
未来「それはアンタがまだ地下の中に金か何かの装飾物が眠ってるかも知れなくて、それをお金に換えようって考えてるからじゃないの。」
と、未来は吐き捨てる様に言った。
スージー「ココニクルトアメリカヲオモイダシマスネ。」
麗奈「ねぇ皆そろそろご飯にしない、私がお弁当を作ってきたんだけど。」

と、麗奈はまるでピクニックに来たかの様に、そう言った。

そして麗奈が人数分の弁当を開くと意外と豪華に見えた。

マスター「これって店の経費で賄えるのですか、麗奈さん。」

麗奈「昨日のTVでやってた時短で節約出来る料理のレシピをメモってそれを具現化させただけだからそんなにお金は掛かって無いのよ。」

僕はその時思った。麗奈は心まで女性化していると、でもオカマが作ったというのが少し心に引っ掛かるのだが、箸を入れて口の中へ入れてみると意外と美味くて、麗奈は間違って男に生まれてきたんだと思った。

そうして全員が食べ終わると目の前にいたのは赤色の顔に長いドレッドヘアをしたこの土地のインディアンだった。

そしてインディアン達は僕達の表情を見て首を傾げていた、多分僕達の恰好と肌の色が自分達とは違うからなのだろうか。

すると、馬上からロープを投げてきて僕達の足首にそれがヒットすると、そのままズルズルと引き摺られてしまい気を失ってしまうのだった。

そして、気が付くと僕等は少し高い木の枝から逆さまに吊されていた。

逆さまのままで両目を見開くとその中には彼等の酋長と覚しき人がいて他のインディアンと何やら話していたのだが、向こうの言語なので理解出来なかったが僕等の中にはスージーがいるので英語で話すと、その酋長らしき人と話す事が出来たらしい。

そして、スージーは何やら首を縦に振ると通訳してくれた。

どうやら今夜パーティーが有るらしくそのパーティーの中で僕達を紹介するとの事で有るのだった。

そして、ロープが向こうの鉈の様な物で切られると、やっとで地上に下ろされるのだった。

夜に成るとパーティーが開かれて、その中には保安官らしき人もいた。

そして、その保安官らしき人の側には奥さんの様に見えるインディアンがいてその横にはまだ大人らしく無い言ってみればリトルインディアンみたいな女の子がいた。

どうやらその女の子はインディアンスクールで学んだのか日本の言葉が話せるらしく、僕等の方へ近付くと日本語で喋った。

しかも、その言葉はスージーよりも上手く、流暢な日本語だったので直ぐに理解出来たのだった。

彼女の話では彼女の名はライと言うらしくて、父親がこの土地の保安官で母親がインディアンで有るとの事だった。

ライによると、この土地には伝説が有って、普通の人には只の石ころの様に見えるのだが聖なる人がそれを手にするとその石は宝石の様に輝くという。その石を発見出来るのは満ち足りた月の夜つまり明日が満月に当たるのだが、その満ち足りた月明かりを聖なる人が浴びると聖なる人には、その石の所在地が判るとの事だった。

ライは言った。

ライ「私その石をここに持ってきて私の事酋長に認めて貰う。でも私はまだ小さいから一人で行くの危険だと酋長が言ってた。」

そう言うライの瞳は宝石の様にキラキラと輝いて未来への希望も感じられた。

そして翌日の夜の事だった。

その夜は、無数に夜空に輝いている星の光よりも月明かりの方が光っていたと思う。

その夜が満月だったからなのかライは外に出て月明かりを全身で受けていた。

すると月からライにだけ光が差すとライの身体は青白く光り始めるのだった。

その光の眩しさ故にだろうか村中のインディアン達が外に出てきた。

その中には勿論この村の酋長の姿も有ったのだ。

酋長はライに向けて言った。

しかし僕は酋長の言葉が判らなかったのでライが直訳してくれた。

ライ「酋長が私の事を認めてくれたんだよ、酋長が言うには私が伝説の聖女だから早く石を取りに行ってここに持ってきなさいだって、月の光が失われる前に石の所まで行って持ち帰ってきて土の中に石を埋めれば良いんだって、だから皆で早くその石の所に行こうよ。」

ライがそう言うので僕等もライに同行する事に成った。

スージー「オーコギトエルゴスモダヨ。」

僕「スージーは偶に難しい事言うなあ。」

マスター「我思うが故に我有り、つまりライは自分の意志を持ってそれに向かって足を進め始めたって事ですよ。」

こうしてライだけが知ってる石の所まで行く事に成った。

でも、外は日中ぐらい月明かりでまぶしく見えたので意外とスムーズに歩けた。

後はライの後に追いて行けば良いのだから、多少の困難も我慢は出来るだろうと思ったが、そうでも無かった。

毒蛇やその他見た事の無い生物も出てきたが、その処理は未来(みき)がレーザーブレイドで払ってくれたので心配は必要じゃ無かった。

後の危険な場所は麻依が察知して教えてくれた。奥の方に滝が有り、ライはその中に石が有るし、自分でなきゃ滝の裏側の小道は通れないと言うのでそこから先はライが一人で行ってライが帰ってくるのを僕等は待ち続けた。

その後、数十分する頃にライは帰ってきたのだった。

ライ「これだよ。」

そう言ってライが持ってきた石はライの手の中で光っていた、しかし僕を含めて他のメンバーが手に持つと急にその石は光を無くすのだった。

だが、再びライが持つとその石はライの手の中で輝くのだった。

そうして村へ戻るとライはその石を酋長に渡すのだった。

そして、その石の力を封じる為の儀式が始まった。

そして、儀式が終わると酋長はライに別れの言葉を告げた。

その言葉はライが訳してくれた。

ライ「私はもうここに居るより他の場所へ行く方が良いんだって、私はここの世界では狭過ぎるんだってさ、だから私も行くよ貴方達の所に。」

こうしてライの面倒も見る事に成ったが別に気に成らない、だって夢美が二人いると思えば良いのだ。

～佐絵と絵画～

夢美「ねえ、ご飯まだぁ。」

と夢美が言うとその後に同じ事をライも言う、こういう生活が続くと流石にマスターも僕も疲れてくる。

と、言う事で急遽その日は定休日に成るのだった。

マスター「今日は皆さん好きに時間を使ってリラックスして、明日から又、頑張りましょうよ。」

と、言う訳で各時で癒しの時間を使う事に成った。

スージーは奥の部屋で眼を閉じて精神を集中すると超能力のレベルアップを図っているのだ。

麻依は自分の部屋の中で地図を広げるとどうやらポイントに印を付けている。

麗奈は夢美を連れて街に繰り出していた。

そして僕はその気は無いのだが未来(みき)が偶には二人っきりでデートがしたいと言うので、どうせ一人でいてもつまんないので未来(みき)に付き合う事にした。

ライはまだ未成年では有るが部屋の中で一人でテキーラのボトルを空けていた。

マスターの方は一人でパソコンで帳簿の計算をしていた。

僕「なあ未来まだなのか。」

未来「ちょっと待っててよ、何時も店の制服を着てるからこんな時の準備をしてなかったんだ、なあ、これで良いか？」

そう言って部屋の中から出てきた未来の姿はまるで別人の様だった。

その姿を見て僕は照れてしまった。

その姿は今はもう忘れてしまっていたのだが、僕達が初めて出逢った時の衣装だった。

そして、店を出て二人で手を繋いでいると初めて出逢った時を思い出す。

あの時は二人共必死だったから意識はしていなかったのだが、今こうして手を繋いでいると恋人同士みたいで少し照れてしまう。

そんな時だった。

歩道脇で一人で絵を描いている少女とも大人ともつかない女性がいたので声を掛けるとその女は言った。

佐絵「お似合いですね、カップルですか？」

僕「それは違うと思うけど」。

未来「こんな時は『そうです』と言えば良いんだよ。」

佐絵はその会話のやり取りを見て思わず笑ってしまった。

佐絵「可笑しな二人ですね、でも今の二人の表情は記憶しました、今度逢う時はもう二人の姿を私の記憶の中からスケッチさせて貰いますから、そのつもりで勿論私が描いた絵が気に入らなかったら絵の代金は頂かないので、もし気に入った時だけ貰いますから、あっ、申し遅れてスイマセン、私、佐絵って言います、多分次回もここで絵を描いてますから、もし立ち寄ったら話し掛けて下さいね、じゃあ、今の記憶を頼りにして家で絵をスケッチしますので、今日の所はサヨナラしますね。」

そう言って佐絵は僕等の前から姿を消してしまった。

僕等もマスターの店へ帰る事にした。

帰ると、マスターにその話をした。

マスター「不思議な方ですね、でもこんな話が有ります、気持ちが込められた人形は動いたり、人形なのに髪が少しずつ伸びてたりだとか、でもこれは人形に纏わる話なのでその人とは関わりの無い話だとは思いますがね。」

と、マスターはそう言ったので僕も彼女には関係が無い事だとその時はそう思った。

そしてそれから2~3日過ぎたある日又、あの時の場所で僕は佐絵と出逢うのだった、丁度その日は店の買い出しに行った日の事で有るのだった。

佐絵「あ、今日はお一人でしたね、そう言えば、あの時の絵が完成したので見て貰っても良いですか。」そう言って佐絵は僕の前でスケッチブックを開くのだった。
僕「とても良く描かれていますね、表情まで、まるでその中から飛び出すぐらい似ていますよ、まるで今にもその中から飛び出して来る様だ。」
僕「良し、その絵を買わせて貰います、あ、代金は幾らなのですか？」
佐絵「それは貴方が気に入った値段で結構なんですけど、これは差し上げますよ。」
そう言って佐絵はスケッチブックから僕達が描かれた絵を破くとそこから帰って行くのだった。
僕もその時はその絵を貰うとまだ買い出しの途中だったのでマスターの店まで帰るのだった。
帰ると、その絵を全員の前で見せるのだった。
マスター「良く描かれてますね、二人の生き写しの様に。」
そして、僕と佐絵は知り合いに成って、今度は佐絵の方から話し掛けてきた。
佐絵「私こう見えて以前は売れないアイドルだったんですよ、でも事務所と金銭トラブルに成って辞めちゃったんです、そしてその時は美大に在籍中で現在に至るという訳です、でも、今度コンクールに出品するつもりです、受かるかどうかは判らないけど。」

と、佐絵は少し照れる様にそう言ったのだった。

そして、暫くしてから、又買い出しの途中で佐絵と出逢うのだった。

その時の佐絵は元気が無く何時もの佐絵の姿では無い様に思えた。

僕「コンクールの方はどうだったの？」

佐絵「落ちちゃいました、それでもう私は絵を辞め様かと思ったんです。」

僕「どうして落ちてしまったんだい。凄く良く描く人だと思ったんだけど」。

佐絵「あ、あれは出品者が多くて、それであのコンクールで優勝した人は主催者にコネが有ったらしくて、私には何も無かったから。」

と、そう言うと佐絵はそこから走り去って何処かへ消えてしまうのだった。

その日からもう佐絵とは逢わなく成ってしまった。

そして、それから数日過ぎた頃街では不思議なニュースが有り、その事はＴＶでも報道されていた。

街にまるで絵で描かれた様な姿の怪獣が出現したとの報道だった。

未来（みき）「私、行ってくるよ、行ってレーザーブレイドであの怪獣を切り裂いて止めてくる。」

そう言って未来（みき）は怪獣を止めに向かった。

僕達はＴＶのニュースを見ていたのだが、そのＴＶのスクリーンには佐絵の姿が細かく映っていたので僕もその現場に行く事にしたのだった。
麻依「本当に二人だけで大丈夫なのかなぁ。」
マスター「あの二人の事です、きっと上手く解決しますよ。」
僕がその現場に行くとそこに佐絵の姿が有った。
そして、未来がレーザーブレイドでその怪獣を止めようとしたのだが難しい様子だった、で、佐絵の方はと言えば燃え盛る炎の中でぼーっと立っていた、そしてその瞳には何も映らない様な無表情で有った。
僕が肩を掴んで揺らすと、そこで佐絵は気が付いた様子だった。
僕「教えてくれ一体何が有ったんだ。」
佐絵「突然私のスケッチブックの中からあの子が外に飛び出して外に出ると大きく成ってあんな姿に成ったのよ。」
僕「あれは君が描いた絵だね、それなら君があの怪獣の止め方を知ってるんじゃ無いのかい。」
佐絵「そうだわ、あの子は私のスケッチブックから飛び出したんだから、又、元のスケッチブックを開けば帰ってくるのかも知れないわ。」
僕「そうだよ、きっとそうだよ、君がその子が帰ってくる様にと強く思ってスケッチブックを開けばきっと帰ってくる筈だよ。」

そして、佐絵が瞳を閉じて強く念じてスケッチブックを開いた時だった。みるみる内にその怪獣は小さく成って佐絵のスケッチブックの中に入ると佐絵はその後スケッチブックを閉じたのだった。

こうして事件の幕は閉じるのだった。

そして、その後、佐絵がどう成ったのかというとマスターの店の奥の部屋で今も絵を描き続けている。

考えてみれば元々あの絵から出た怪獣は佐絵が描いた物なので当然佐絵が管理するしか無いのだ。

佐絵は自由な発想の方が上手く絵を描けるし、コンクールに落選した事で佐絵の感情は歪んでしまって佐絵が考えもしない方向に事件が転じてしまったんだと今は思っている。

～女社長ローラ～

マスター「今日は天気が良いですねぇ、こんな日は店を休んで、外に出掛けてピクニックをしましょうか。」
僕「やっぱりそうだったかぁ、多分そう成ると思ってたけど、僕の思惑が当たったって訳ですね。」
そうして、僕等はそれぞれに着替えを終わらせるとピクニックに出掛けるのだった。
そして、店の外に出ると麗奈だけなぜか、チャイナドレスに着替えているのだった。
僕「どうして麗奈だけチャイナドレスなんだよ。」
麗奈「だってこの方がタイトでセクシーじゃないの。」
未来（みき）「そうやってお前の毒牙に男は堕ちて行くんだ。」
麗奈「あーら、ひょっとして未来（みき）は妬いてるの？」
麻依「まあ良いじゃん、折角の休みなんだから、皆で羽を伸ばそうよ。」
スージー「ソウデスヨ、マイノユウトオリデスヨ、デモ、ジャパンニハ、シキガアッテケシキガウツクシイデスネ。」

マスター「そうですよ、未来(みき)さん、外の空気はこんなに澄んでるのに貴女だけ暗い顔をしてると太陽に叱られますよ。」

その声を聞いてやっと未来(みき)は笑顔を見せるのだった。

そんな時だった。何も無い野原に手榴弾の爆発音が響くのだった。

すると、向こうの方で自家用ジェット機が墜落する姿を僕達は確認するのだった。

そして、そのジェット機は地面とキッスするのだった。

すると少し向こうの野原を越える程の爆発音が響いた。

ローラ「これで全部みたいね、後に追うのは無しって訳ね。」

その女(ひと)はブロンドの長い髪を翻すと黒い革製のツナギを胸まで下ろすと少し汗を掻いたのかそのツナギの中からツナギとは正反対の色のタオルで、額から零れ落ちる汗をタオルで拭い、ツナギの中からメンソールの煙草に火を付けると大きく煙と共に透明な息を吐くのだった。

スージー「アッアナタハローラデスネ。」

するとローラはスージーの方を見ると二人の間には見えない火花が散るのだった。

ローラ「まさか、こんな所で貴女に出逢うとは夢にも思わなかったわ。」

ローラは日本語が勘能だった。

それは作者がカタカナで表現する方が面倒だったからだ。

ローラ「貴女はまだ日本語が話せ無いの、時代錯誤だわ、今はスマホでも翻訳が出来るのに、可哀想ね。」
スージー「ワタシハ、ブンメイノリキニタヨルツモリハナイデス。」
僕「なんだ二人は知り合いだったのか。」
スージー「コノヒトハワタシノライバルガイシャノシャチョウデス。」
ローラ「申し遅れました、私はこう言うモノです。」
と、ローラはスージーの他(ほか)には名刺を配るのだった。
マスター「スージーさんの言った事は満更嘘じゃ無いみたいですね。」
ローラ「じゃあ、グッバイね。」
そう言ってローラは何処かに姿を消すのだった。
ローラは今銀行の前にいる。
カードから現金を引き出すツモリだった。
しかし、ローラが向かった銀行では、強盗が行員に銃を突き付けて、正に今行員からバッグの中に現金を入れる様に指示している真っ最中だった。
ローラは日本語が喋べれない振りでジェスチャーで強盗にそのポーズを送るのだった。
すると、強盗は油断したみたいで、隙を突いてローラは強盗に向けてラリアットをする。仲間の強盗はローラに向けて発砲するのだがローラはその弾を指先で抓むとその弾を捨てるのだった。

今度は強盗の方がローラを見て震えるのだった。

そして、ローラは強盗のバッグの中から現金を奪うと、行員の窓口に自分のキャッシュカードを置きそのまま銀行の中から出て行くのだった。

そのカードを見ると行員は驚いた。

そのカードはブラックカードでしかも、アメリカで有名な会社のカードだったからだ。

しかし、ローラの姿はカメラにバッチリ写っていた。

次の日、ローラには国際指名犯の烙印が押されたのだが、行員の説明でその烙印は直ぐに取り消された。TVを見たローラは指名犯になったと勘違いして街の中を彷徨い歩き、腹が減って記憶が朦朧としていると、ローラの目の前に有ったのは、マスターの店だった。

店の入口のドアが開くと、マスターは元気良く『いらっしゃいませ』と言ったのだが、ローラの顔を見ると驚いてそれ以上は声が出なく成るのだった。

マスター「あっ貴女はローラさん。」

ローラ「どうして貴方がここにいるの？」

マスター「それはここが私の店でして。」
そこで僕はマスターの声を聞いて顔を覗かせるのだった。
ローラ「どうして貴方もいるの？」
僕「僕はここの従業員なんですよ。」
そして、ローラの声を聞いてスージーが出てこようとしたのだが未来(みき)がスージーを止めたのだった。
麻依「恐らく未来(みき)の判断が正しいと思うけどな。」
ローラの姿を見て夢美はお客さんのテーブルにシルバーの盆を置くと、その手を止めてこう言った。
夢美「あっ、ローラだ。」
マスター「夢美さん、ローラの姿を見て店ではしゃぐのは止めて下さい、他のお客さんの邪魔に成りますから。」
夢美「ハーイ。」
どうやら夢美は何時もの夢美らしい。
マスター「ローラさん、そんなトコにいないでカウンターにでも腰掛けて下さい。」
と、そう言いローラがカウンターに座ると、マスターはローラにｃｏｆｆｅｅを差し出すのだった。

ローラはそれを一気に飲み干すとマスターにこう言った。

ローラ「美味しかったわ、それじゃあ、これはここに置くわね。」

マスター「いえ、貴女からお金は受け取れませんよ。」

マスター「そしてこれは私からのプレゼントです。」

マスターはそう言って少しの間にちょっとした小鉢みたいな物をローラの前に差し出すのだった。

恐る恐るその姿を陰から見てたのがライだった。

ライ「これが大人のやり取りなんだね。」

と、小声で誰にも解(わか)らない様にそっと呟いていた。

そして次の日、ライは手紙だけ残して何処かへ消えるのだった。

～ジレンマに勝ちたい～

手紙を見て僕等は思った。

マスター「ひょっとしてライは大人との壁に自分から向き合おうとしてるみたいですね。」

どうしてマスターがライの事だけ呼び捨てにしてるのかと言うとライがまだ子供だと思っているからだ。

マスター「さて、今日は店をお休みにしてライを探しに行きましょうか。」

僕は又始まったかと思うのだった。

と、言う訳で全員でライを探しに行くのだった。

あの後、ローラは少しだけマスターとお喋りした後で姿を消したのだが、その時にはまだこの店のリピーターに成る事は予測してなかった。

それでその頃ライはと言えばテキーラを喇叭(らっぱ)飲みしながら一人で旅を続けるのだった。

ライ「ヒック、あれが大人なのか、私にはまだ真似出来ないな。」

ライはメキシコの近くの出身で結構子供なのだがインディアンの娘というだけ有って、アルコールは強かった。
僕「しかし、何処を探してもいないなぁ。」
未来(みき)「そうだな。」
麻依「私は思うんだけど何処かの砂丘にいないかな?」
マスタ「そうですね、その辺りを重点的に探しましょうか。」
ここにはローラ以外はライの他(ほか)には全員いるのだが、ライの姿は何処にも見つからなかった。
マスター「ここで私からの提案なのですが、手分けして探してはどうでしょうか、と言っても三分割ぐらいが良いと思います、全員バラバラでは又、それぞれがはぐれてしまう可能性が有りますからね。」
と、言う訳でそれぞれでチームを作って探す事にするのだった。
ちなみに僕と未来(みき)とスージーのチームで、もう一つはマスターと夢美と麻依のチーム、麻依はオカマと組むのは嫌だと言ってマスター達のチームに参加した。
残りは麗奈と麗奈と佐絵のチームに分かれて、ライを探す事に成った。
僕「それにしてもいないなぁ。」
スージー「ソウデスネ。」

未来「どっかに探す手立てがあれば見つかると思うんだけどなぁ。」
僕は未来が言う通りだと思ったのでまず探す手立てを考える事にした。
マスター「まったく何処へ消えたのでしょうか。」
と、マスターも困っている様子で。
夢美「これってライの髪飾りじゃない。」
麻依「それは違うと思うけどなあ。」
と、麻依はそう言うのだった。
佐絵「もうこれじゃ、埒が明かないじゃないの。」
麗奈「なんかお酒の臭いがしない?」
佐絵「あ、これってテキーラの空瓶じゃないの?」
そこには確かにテキーラの空瓶が有るのだった。
麗奈「でも他の人の印に成る様にこれをここに置いて何か書けば良いのよ、例えば私達の名前とかね。」
佐絵「ビンゴ!」
そうして、佐絵は名前の通り冴えているのでその空瓶にスラスラと自分達の名前を書いた。
マスター「有りましたよ、これには佐絵ってネーミングがして有りますよ。」

夢美「ふーん。」
と、夢美は別に気していない様子で言うと、その後に麻依が言った。
麻依「これを辿って行けばもしかして見つかるかもだよね。」
僕「どうも釈然としない様な気がするんだよなあ。」
と、僕が考え込んでいると未来が言った。
未来「で、手掛かりに成る様なモノでも有ったの？」
スージー「コウイウトキハ、ダウジングヲツカッテハドウデスカ？」
僕「あっそれ良いかも。」
と、言う事で僕等はダウジングを使って探す事にした。
僕「有った、これってライの奴じゃないの。」
そうなのだ、スージーの提案でダウジングで探しているとボトルのキャップが金属で出来ているので、僕等はテキーラの空瓶を発見するのだった。
そこには佐絵の名前が記されていた。
未来「きっとそうよ、だって佐絵ってボトルのラベルに書いて有るから。」
僕達は絶望から逃れる事が出来たようだった。
佐絵「こっちにも有ったわよ、今度は貴方が自分の名前を書くのよ、だって私の名前だけじゃ他の人がピンと来ないでしょ。」

と、言う訳で今度は麗奈が自分の名前を書くのだった。
佐絵「そうじゃ無くってその昔の名前じゃ無くて貴方の源氏名で良いのよ。」
マスター「あっ有りましたよ、これには麗奈って記されているからきっと麗奈さんが書いたんですよ。」
その時だった。
僕「あっあれって佐絵じゃない、それに麗奈も一緒だ。」
佐絵「オーイ、こっちこっち。」
麗奈「ライもいるよ、ぐっすり寝てるけどね。テキーラの瓶を抱いて寝てるよ。」
麗奈がそう言ったのでライの方を見てみると、ライの周りは空瓶が転がっていてライが抱いている以外の瓶は全て空だった。
そうしているとそこへマスター達も来た。
マスター「どうやら見つかったみたいですね、では私の店まで連れて帰りましょう。」
未来(みき)「こんな奴は引き摺って帰りゃいいじゃん。」
僕「そういう訳にはいかないだろう。」
麻依「胸んトコに手紙が有るから読んでみようよ。」
そして、ライの胸に差し込んで有る手紙を広げて読んでみると『ごめんなさい、でも私にはあんな風に引いたり、シャレた言葉を言えないから、だけど何時かはあんな風に出来たら良いと思って二人を見てた、そしたら知らない内に感情のコントロールが出来なくなって知らず知らず店を飛び出してた、本当に皆に心配させてしまって帰ったら謝るから許してね。ライより』

手紙にはそう書いて有った。

マスター「ライさんも一人で大人と子供のギャップを感じていたんですね、でもここにいる全員が自分の事バッカリでライさんの気持ちを考えてやれなかった事がライさんが飛び出した理由なんですね。」

僕「あっ、今ライの事ライさんって言ったよね。」

マスター「子供の成長は早いですよね、きっとライさんは今から素敵なレディーとして扱われたいんですよ、さあ、ライさんが寝ている内に連れて帰りましょう。」

こうしてライは無事に僕達の手で保護されて店ではライが看板スターに成りつつ有るのだった。

今ではもう夢美よりも接客が上手く成っていた。

だが、夢美の方は何時もの夢美らしく「ハーイ。」と元気な声が店中に響いていた。

その姿は永遠に変わらないのだろうがライの方は日々成長するのだった。

～麗奈の過去～

最近麗奈が麗奈じゃない様な時が有る。

何時もは明るく振る舞うのだが時折寂しく見えたり、又時には何時もは一人でいるのが嫌いな筈なのに一人で自分の部屋に何時間も椅子の上に座って鏡に向かって話している姿が見受けられる。

それはこの頃頻繁にそんな姿を見てしまう時もある。

僕はマスターの店に客として来たローラにその事を言った。

すると、ローラは僕にこんな事を言った。

ローラ「私の祖国アメリカではカウンセリングをして貰う人が多いので私の会社の内部にもその施設を設けています、それは日本の支社にも有るので今度麗奈をその施設に連れてきて麗奈の心をドクターに話してみてはどうでしょうか、それでは私も忙しいのでここで失礼させて貰います。」

そう言うとローラは店を出て行くので有った。

僕はマスターに今の話をするとマスターは、僕に言った。

マスター「明日、ローラさんの所に麗奈さんを連れて行ってはどうでしょうか、勿論麗奈さんも一人では心細いと思うので貴方も麗奈さんに連れ添ってておあげなさい。」

次の日僕等はローラの会社に行ってローラに言われたドクターに麗奈を診断して貰う事にした。

するとドクターは僕だけを呼んで話をし始めるのだった。

ドクター「私の見立てで言うと彼女はハッキリ言って多重人格障害と思われます、もし良ければ過去の彼女の事を教えて貰いたいので、その時は麗奈さんをここには連れてこないで貴方が一人で私の所に来て下さい。」

と、ドクターはそう言ったのだが、どうやらドクターも麗奈が女性だと思っているらしい。

どうやらドクターも外見と中身の区別が付いてないらしい。

僕は店に帰るとマスターにその事を報告した。

すると、マスターは僕に言った。

マスター「この事は麗奈さんの話を全員に聞いて貰いましょう、全員判っていた方が麗奈さんもこの先過ごし易いでしょうから。」

店が閉まるとマスターは僕を含めて全員に麗奈の過去を話して貰う事にした。

麗奈「私は元々貧しい家の出身なの。父はよく酒を飲んで母に暴力を振るってた。

そして私には姉と兄がいた、だけどその兄と姉は父が酒を飲む為に母が食料にお金を回せなくなって幼くして亡くなったの。

それで私も自分もそう成らない様にと一人で家を飛び出してここに来る前に夜の店でオカマとして働いてたって訳よ、」

麗奈は別に気取ったり話を膨らませたりといった態度など一つも無く淡々と自分の過去を話すのだった。

そして僕は全てを理解して改めて、ドクターの所へ行った。

ドクター「その様子ですと、麗奈さんには、麗奈さんを含めて五人の人格で構成されていますね。」

僕はドクターの言葉を聞いてショックを受けるのだった。

僕がマスターの店に帰ると、麗奈は荒れていた。

麗奈「早く、酒を持ってこい。」

そう言って麗奈は皆の前でグラスを床に叩き付けるのだった。

僕が見た限りでは、それは酒に溺れた男の表情だった。

ライ「お酒ならここにテキーラなら有るけどね。」

麗奈「馬鹿野郎、俺が言ってるのは日本酒か焼酎の事だ。」

その言葉に未来(みき)が切れて怒鳴った。

未来「そんなのはここにはねぇよ。」

そう言って麗奈の頬を殴るのだった。

すると、急に麗奈の人格が変わって今度はメソメソと泣き出した。

未来「ゴメン、痛かったか。」

麗奈「いえ違うわ、皆あの人が悪いのよ。」

と、言ったかと思うと、今度は又、別の人格に変わるのだった。

麗奈「だからアンタはお母さんを泣かすのを止めろよ。」

そして又、別の人格へと変貌して麗奈は言った。

麗奈「もうお父さんもお母さんも喧嘩するのなら私がこの家を出てって死んでやる。」

正に危機感を感じずにはいられなかった。

そして麗奈は何時もの麗奈に戻るとこう言うのだった。

麗奈「こんな家なんか自分が出て行くから、もう皆喧嘩は止めてよ。」

麗奈はそう言ってポロポロと涙を零すと店から寂しそうに肩を落として出て行くのだった。

マスター「今の内です、貴方が麗奈さんを止めるんですよ。」

そう言ってポンとマスターは軽く僕の肩を叩くのだった。

僕「解りました、マスター僕が行って麗奈を止めてきます。」
そう言って僕も店から出て行くのだった。
そして店の裏に行くとそこには麗奈が泣きながら肩を落として地面の上で丸く成ってた。
僕「どうしたんだ、何時もの麗奈らしく無い様に見えるんだけど。」
すると麗奈は泣きながら僕に行った。
麗奈「可笑しいよね、こんなの今の自分じゃ無いのにね、最近、自分をコントロール出来ない自分がいるの。」
僕「それは何日くらい前からなの？」
麗奈「私ね、鏡を見てお化粧していたら気を失ってた、そして眼を開けたら昔の自分を思い出したの、その夜からだったかな眠って夢を見たの、昔の自分の家の夢を、そしてフと自分の手を見ると片手で自分の手首をナイフで切って、その時だったかな自分の中に違う自分がいるって気付いたのは。」
僕「もう我慢しなくても良いんだよ、でも皆の前で話すのは凄く勇気がいるんじゃなかったのかな。」
麗奈「本当は凄く恐かった、だけど自分の事だから、自分で決着を付けなきゃって思ったの、だから皆に昔の事を話したのよ。」

僕「今日はもう良いよ、明日又、二人でドクターの所に行こうよ、そしてもしも必要だったらドクターから診断書を書いて貰って他の病院を紹介して貰って治るまで暫く、そこで入院する方が良いよ、店の方は心配しなくても大丈夫さ、皆素敵なメンバーだから。」

そう言うと麗奈は僕の言った事に素直に応じるのだった。

結局、ドクターの指示で麗奈は他(ほか)の病院を紹介して貰ってそこで入院する事になった。

それから数ヶ月後に退院すると元の麗奈に戻っていた。

そして麗奈はその日から店でも悪夢を見なく成っていた。

～スージーとローラの話～

ローラは殆どこの店に入り浸りで一体会社の方は大丈夫なのだろうか？　と僕の方が心配に成る。

一方スージーはと言えば部屋を覗くとノートパソコンで自社とのやり取りをしながら時にはＮＯだとかＷｈｙとか両手を肩の下まで動かす仕草をしているので、一応は仕事をしている様なので特には心配もしていないのだが、ローラの方は一向に仕事をしてるとは思えない。ローラに聞くと、会社の方は部下に任せて有ると言うのでどうやらトラブルが有った時だけローラが処理をすると言うのだ。

これが社長の仕事よと豪語するのでそれ以上は突っ込む隙が無くてマスターの出すｃｏｆｆｅｅを味わうだけの様な気がするのだが、スージーと彼女との関係は二人とは話す機会がないので今度別々に聞こうと思う。

僕「ねえ、ローラ、スージーとの関係なんだけど。」

と僕が言うと意外にローラはフランクに僕に教えてくれた。

まあビジネスの話に成るのだが自分の会社の事をよく教えてくれた。

今は会社を拡大する為他社と企業合併というより彼女の会社が大きいので殆どが吸収合併をして他社とのコラボがメインだと言うのだ。

これ以上は突っ込めないのは僕が彼女等の会社の事をよく理解出来てないというのが本音で有る。

店が閉まると僕はスージーと話をする事にした。

僕「ねぇ、スージー、ローラとの関係なんだけど何か教えてくれる。」

と、僕が言うとやっと心を開いて喋って呉れた。

どうやらスージーとローラは大学では同期で有ったらしい。

スージー「アノコハダイガクジダイハマジメデ、ワタシハモッパライッテミレバジャパンデイウトコロノタイクカイケイデシタ。」

ここからは僕が話したいと思う。

スージーの方は筋トレだとか超能力開発に勤しんでいたらしい。

まずサイキックというものは自身のレベルが上がらないと見るからに弱小なパワーしか扱えず、クレヤボンス、簡単に言うと透視とかの世界に成るのだがスージーの得意とするのは瞬間移動とかそっちの方じゃ無くてサイコキネシスとかそっち系らしく、細かく言うと物質を破壊する力。それには体力と気力が必要とされるので、だから筋トレをしているらしいのだ。

将来はスージーの力を利用して、もっと科学的に物質だとか物体にスージーのパワーを化学変化させて物体の移動を電気の力じゃない方向へ転換させたいらしい。

ある日の事だった。僕達の肉眼では見えないのだが魑魅魍魎といった類（たぐい）の生物がスージーには見えるらしい。そう言った物は気を発して動いているらしく、コッチが気にしなければ向こうからも威嚇や攻撃はしてこないとスージーは言ってた。

要するに向こうからコッチへ攻撃してくるのは支配者、スージーの言葉ではマスターと呼ぶのだがそいつが操っており、一般の人では眼に映らないので知らない間に攻撃されて災害や事故に繋がっていくらしいのだ。

だから天変地異などや争い事なども悪いマスターが世の中にはいて、そいつ等（ら）が魑魅魍魎を操って引き起こされるらしいのだ。

スージーが言う事にはそういう事らしいのだがこれ以上は話が難しく成るし僕が説明するには説明が不充分に成るし、世の中には科学だけでは説明が立証出来ない事は一応は解ってるつもりなので敢えてここではその辺りで終わらせようと思う。

ここにいる限りでは未来（みき）や夢美や佐絵の持つ世界観や力なども有るし、マスターも不思議な存在で有るので多くは語らない事にする。

軍事支配なども何か不可思議なものが陰でそいつ等（ら）を操って今の形に成ってるかも知れないのだが僕には力及ばずで有るのだ。

～佐絵の思い出～

佐絵は今夢を見ていた。

でも、それは決して悪夢などでは無くて、懐かしく優しく佐絵の全身を包んでくれる過去の夢だった。

佐絵「そうよ、私はもう子供達に夢を与えるアイドルなんだもんね。」

夢の中で佐絵はそう呟いていた。

夢の中でも自覚はしていてステージに上がると自分の意志とは無関係に勝手に身体がリズムに合わせて動きそしてマイクを握り締めて、歌っていたのだった。

そして、ステージを降りて楽屋まで帰る途中で、佐絵は今までとは違う社会の裏側を突き付けられるのだった。

自分のマネージャーが知らない人と金銭の話をしてたのだ。

そこで自分が今までしてきた事の辛さを覚えてしまった。

佐絵「これは多分悪い夢なのよ。」

と、そう自分に言い聞かせるのだった。

それから佐絵は理性を失ってステージ場やＴＶでは明るく振る舞ってはいたのだが、陰ではドラッグに溺れる様に成ってしまったのだった。

アイドルとして絶頂期の頃に男に抱かれて快楽を覚えてしまったのだった。

又、その男が悪い男で暴力団との関係が有り、その男はより深い快楽を佐絵に与える為に自らの身体に覚醒剤を打ってから佐絵を抱いていたのだった。

そうしてる内に佐絵自身も自らの手で人とカメラには映らない部分に自分も覚醒剤を打つように成ってしまっていたのだった。

その事をマスコミが嗅ぎ付けて佐絵はズルズルと転落して、気付いた時にはもう遅く、カメラのフラッシュの前で自己責任を果たす為に引退を告げるのだった。

そうして良夢は突然悪夢へと変貌するのだった。

佐絵はその時シーツを捲るとガバッと目覚めるのだった。

佐絵「どうして今頃昔の夢なんか見るのよ。」

と、そう言って時計を見つめると時間を示す針はＡＭ３：００だった。

それから眠ろうとしたのだが、とても寝付けずにいた。

そうして佐絵はアイドルを辞めると知らない街で絵を描く様に成ったのだった。

そうしてマスター達の店で働いていると、毎日が楽しかった。

仲間との接触がない街で絵を描いて、日々の暮らしの資金を食べていく為に稼ぐ事よりも充実していた。

元々絵画の方は美大出身の傍らでアイドル歌手をやっていたので他人よりも上手だったのだ。

只、アイドル歌手をやるのも子供の頃からの夢だったのでそれに不満は無かったのだがあの場所であの男と出逢わなければと。しかし、自分が事務所のドル箱として稼ぐ為の資金源に成っていた事を佐絵は知らなかったのだ。

突如として夢と現実との日々が佐絵の心を蝕む様に成って、男に身体を許す事にも何時の間にか抵抗が無く成っていた。

そして、アイドルを辞めてステージへ上がる事が無くなった時にそれまで他の仕事に就いた事が無かった佐絵は、アイドルをやっていた頃とは知らぬ街で絵を描いて稼ぎを得ていたのだった。

そうやって暮らしていた時に未来達二人と知り合って絵を描く事に悦びを覚えたのだった。

そして、あの事件の発覚も忘れる事が出来たのだった。

そうしてマスターからマスターキーを借りると今、佐絵は過去の扉の前に一人で立っていた。

過去の自分に教えてやる為に、そしてアイドル歌手で成功させる為に、そうして過去の扉を開くのだった。

過去の扉を開くとそこには過去の自分がいたのでツイ自分の姿を隠してしまった。

佐絵「こんな事ではダメね、でも今はもう少し過去の私を遠くから見ていよう、ブランクや過去の自分を忘れてしまってる部分が有るからね。」

そう呟くと佐絵は変装する為の道具を玩具を売っている店とファッションを並べている店に買いに行くのだった。

佐絵「でも、私ってもう少しスマートなやり方が出来ないのかしら。」

でも、事務所の場所は覚えていたのでそこでマネージャーがいない時に勝手にマネージャーのデスクを開けて自分のスケジュール帳の確認をすると、少し見ただけで自分が昔取った行動なので覚えてしまった。

そして、佐絵は通路で昔のマネージャーとバッタリ出逢うのだった。

その時に、佐絵はウッカリしていて変装をするのを忘れていたのだった。

マネージャー「あっ君はどうして今の時間にこんな所にいるんだ。」

佐絵が言う昔とは、佐絵もまだ20代なので、その姿はそんなには変わっていなかったので、彼女のマネージャーは佐絵を見て気付いたらしいのだ。

佐絵「えーとこれには深い事情が有ってぇ。」

と、誤魔化そうとしたのだが、佐絵の事情を聞こうともせずに、佐絵の手を無理に摑もうとしたので、佐絵はマネージャーの手を振り解こうとした。佐絵はそれを拒絶すると、こう言った。

佐絵「もう、私の事なら放っといてよ。」

と、佐絵は昔を思い出したのか、そう言うのだった。

マネージャーは少し怯えたのか、佐絵の口から出た言葉に驚いた様子で吐き捨てる様にこう言ったのだ。

マネージャー「別に君がそう言うのならもう仕事を与えないだけだよ。」

そう言うと佐絵の前から姿を消すので有った。

佐絵は取り敢えず胸を撫で下ろすのだったが、昔の自分を思い出したのか、マネージャーの後を追う様にして事務所から姿を消してスケジュール帳に書かれてある場所へと向かうのだった。

勿論、タクシーを利用してなのだが。

そうして昔の自分にTV局の通路で出逢うと昔の自分の口を押さえて何処かへと姿を消すのだった。

昔の佐絵「貴女は私だから私は一体誰なの。」

と、不思議な顔で佐絵を見詰めるので有った。

佐絵「えーと、細かく言えば私は未来の私なのよ。」

と、説明するのだが、昔の佐絵は、只驚くバカリだった。

その後で佐絵が事情を説明すると、やっと解ったのか、只々佐絵の話を聞くだけで有った。

その後で佐絵のマネージャーは辞表を出して会社から去るのだった。

佐絵「これで良いんだよね、もう悪夢は多分見なくて済みそうだわ。」

そう言って過去の扉を開くのだった。

～夢美イズァワンダーランド～

マスター「何さっきからボーッとしてるんですか！　もうお客さんがちらりほらりと来てますよ。」
夢美「何だか魔法にかけられた様な不思議な気分ですっごく眠いの！　ごめんね、マスター今日は私部屋に戻って寝るわ。」
夢美はマスターにそう言うとその場で倒れるのだった。
マスター「夢美さん大丈夫ですか？」
と、マスターがそう言って額に手を当てると、急に驚いた様子であたふたした。
僕「マスターこそ大丈夫ですか？」
マスター「ええ、私なら大丈夫ですけど貴方も夢美さんの額に手を当てて御覧なさい。」
と、マスターがそう言うので僕が夢美の額に手を当てると、僕の手は今にも焼け焦げそうだった。
僕「大変だ、熱が一〇〇℃程有る、これは緊急避難命令を出さないと。」

と、僕がそう言うと未来が続け様に言うのだった。

未来「あ、ホントだ。」

麗奈「ねえ、夢美を部屋へ戻して休ませるのよ。」

と、麗奈がそう言うので僕と、マスターは両足と頭を少し起こして肩を持つとそのまま、夢美を二人で抱え込むとそのまま夢美の部屋のベッドの上で寝かすので有った。

僕「でもマスター、夢美の奴どうしたんでしょうか。」

マスター「意外と夢美さんは、ああ見えて強い娘です、きっと疲労してるのに我慢して隠したんでしょうね、このままそっとしてこの部屋に寝かしといてあげましょう。」

マスターがそう言うので僕もこの部屋に入るのは初めてだったので部屋の内部を見渡すと、ここはロリータファッションで部屋中が飾り付けられていた。」

僕はなんだか、その光景を見て頭が痛くなるのだった。

そして、マスターに言うのだった。

僕「ねぇ、マスター早くこの部屋から出ましょうよ、何だか僕まで気分が悪く成ったみたいで。」

マスター「貴方がそう言うのならそうしましょうよ、私は別に気に成らないのですが。」

と、マスターはそう言うのだが僕は頭痛が痛く成ったので早く撤退する事にしたのだった。

で、当の本人はといえばベッドの上で安らかな寝息を立てて眠っていた。

夢美は今、夢美の名の如く夢の世界を一人で旅していた。

夢美の夢の中の世界。

夢美「ここって何だろう、なんだか不思議の国のアリスの様な世界だわ。」

夢美はその中でポケットの中からビスケットを取り出すとそれにチョップを加えて叩き割りその欠片を少しずつ落として、その世界の奥地へと向かうのだった。

その雰囲気はまるでヘンゼルとグレーテルみたいで有った。

他の人が夢美の世界を覗くと気絶してしまいそうで有るのだ。

夢美は夢美の夢の中なので自分の思い通りの世界を構築させているのだ。

夢美はまるで夢を見ているかの様だった。

その中で更に奥へと進むとそこには極彩色で彩られた別の世界で有るのだ。

夢美はその世界の中で大きく息を吸い込むと溜め息を吐くのだった。

夢美「私って一体、何を何時も考えてるのだろう。」

夢美は自分が世間の一般人と同じだと思っているのだが実はそうで無いのを本人は知らないのだった。

夢美はここが自分の頭の中の世界で有る事を知らないのだった。
そして、この世界の出口が何処なのかもまだ知らずにいるので有る。
更に出口がまだ解らないまま夢の世界の深層部へと足を踏み入れるのだった。
そこは底無しの沼の様でも有る。
一旦足を踏み外すと作者でも理解出来なく成るのだ。
ワンダーランドの未だにまだ見えないまで有る。
そして、夢美の中のダークな部分が開かれるのだった。
その出口と入口は等しくムゲンダイの様でも有る。
そして、夢の中で夢美は眠り、気付くと目が覚めて自分の部屋の中だった。
そして、大きく深呼吸を何度かすると店に出るのだった。
夢美は少し照れながら言った。
夢美「ただいまだね、マスターそして皆。」
他の全員「お帰りなさい。」
夢美が目覚めたのは次の朝だった。

～僕の話～

マスター「どうしたのですか、なんだかボーッとしてるみたいですけど。」
僕「いえね、昔の自分の事を思い出したんですよ。」
マスター「もし、良かったらその話を聞かせて貰えますか。」
僕「僕は実は片方の親に育てて貰ったんですよ。」
マスター「へー、それは初耳ですね。」
僕「でも両方の親じゃ無かったから自由に生きてこられたと思います。」
未来（みき）「それは私も知らなかったな。」
と、未来（みき）もマスターに賛同したのだった。
夢美「お初にお目に掛かります。」
麻依「アンタは引っ込んでな。」
麗奈「でも貴方がいたから私は絶望から立ち直れたのよ。」
未来（みき）「オメーも引っ込んでな。」
スージー「ワタシモニタヨウナカンキョウデスゴシマシタヨ、ワタシニハママトパパガイマスガ、ママハスパルタデワタシヲソダテタノデ、ハナセルノハパパダケデシタ。」
僕「へえー、そいつも初耳だよね。」
佐絵「私は少し違うけど前の会社を私から辞めたから似た者同士ってトコかな。」
そこへローラが入店して来た。
ローラ「皆で深刻な顔して何を話してたの。」
そう言ってローラは長いブロンドの髪を撫でながら言うのだった。
僕「ローラも一緒に聞く？」
ローラ「イッツオールライト。」
ローラがそう言ったので僕は続きを話すのだった。
僕「じゃあローラもここに座ってよ、続きを話すから。」
と、僕はローラに向けてカウンター席を指差すのだった。
僕「さてと、ローラも揃ったから続きを話そうかな。」
と、僕はそう言って続きを話すのだった。
僕「実はね、僕の親も僕の事をよく把握してないトコが有って僕としても僕の事を理解させるにはどうして良いのかって考えていた時に、未来(みき)が何も無い空間から僕の頭の上に落ちてきて僕の意識が薄れて行く時に未来(みき)が僕の頭に蹴りを入れたショックで眼を覚ましてね。」
　一同「ウン、ウン。」
　僕「それが僕と未来（みき）との出逢いだったんだ。」
　未来（みき）「そうだね、あの時はまだ頭の回路がフルに稼働して無かったからボンヤリとしか、覚えてないのよ。」
　僕「つまり偶然が必然に変わった瞬間だったと思うよ。」
　一同「へえ、そうなんだ。」
　僕「僕も意識がハッキリして無かったからよくは覚えてないんだけどね。」
　ここで僕の話は終わるのだった。

～スージーのサイコポイント～

その日、スージーは店の奥の自分専用にマスターが開放してくれた部屋の中に居た。

瞳を閉じて、精神をＭＡＸにまで高めると肉体の方もそれに反応してくる。

そういった作業を繰り返し行ってては、サイコセンサーという機械で計測する。

それをチェックしてメモを取るといった作業を繰り返すのだった。

スージー「ノー、ダメダワ、コノキカイガワルイノカ、ソレトモワタシノセイシンノスキルガアップシテナイノカソレスラモワカリマセンネ。」

そう言っては頭に被っているヘッドパッドを外すと今度は別の機械サイコリミッターで計測するのだった。

しかし、幾ら計測してもそのメモリがＭＡＸにまで辿り着かずにスージーは少し焦りを覚えるのだった。

スージー「デモコノママアキラメルホウガキライダカラ。」

と、スージーはそう呟いた。

そして、何も無い空間に気を送るので有った。

麻依「いい加減に諦めたら。」
佐絵「簡単に諦めたら、きっと後悔するよ、昔の私みたいに。」
スージー「イエス、ワタシモソノキハナイデス。」
そう言うと、又、スージーは同じ作業を繰り返すのだった。
未来（みき）「私は未来なんて解らないけど諦めたらそれで終わりだから。」
ライ「諦めは大得を得ずだよ。」
未来「オメェガキの癖によくそんな言葉を知ってんのな。」
夢美「キャハハスージーは又気を使って遊んでんだね。」
未来（みき）「オメーは早く消えな。」
夢美「ハーイ。」
そう言って夢美はこの場から姿を消した。
スージー「デモウレシイデス、ミンナガハゲマシテクレタカラワタシガンバルヨ。」
そう言ってスージーは今まで以上の情熱を注ぐのだった。
僕「じゃあそろそろ行くよ、店の方がマスター一人で切り盛りしてるから回していくのが、大変だろうからさあ。」
夢美「私、瞬間移動でマスターの所に行く。」
僕「ああ、僕等（ら）の方が後からに成るから頼むよ。」

そう、僕が声を掛けたかと思えば夢美の姿はもうそこには無かったのだった。
そして僕達もマスターの所まで行き僕等が店の仕事をしようとすると、夢美はもう接客してたのだった。
未来（みき）「どうやら夢美にはあの方が似合ってるのかも知れないよなあ。」
麻依「そうよね。」
佐絵「私もそう思う。」
ライ「私は子供だから解んなーい。」
未来（みき）「こいつは都合の悪い時だけ子供に戻るんだもんなぁ。」
その声を聞いて何故か夢美が反応するのだった。
夢美「ハーイ。」
麻依「もう良いわ、この娘（こ）に正面（まとも）に反応してたらコッチまで脳ミソが変に成るわ。」
そう言うやり取りをしていたら奥の方から凄い音がしたのでマスターは言った。
マスター「今度は私が様子を見に行きますよ。」
僕「待って下さい、僕も行きますよ。」
と、僕がそう言ったので、
マスター「店の方は皆にお任せして、では行って参ります。」
そうして僕とマスターはスージーのいる扉の前まで来てたのだ。

そしてマスターがマスターキーを差し込んで扉を開くと、そこにはスージーが涼し気な顔をしてこっちを見るのだった。
マスター「遂にやったのですね。」
僕「オメデトウ君の力が有れば百人力だね。」
スージー「エエ、ミゴトニメモリノホウハＭＡＸニマデタッシタミタイデス。」
そこには笑顔のスージーの姿が有るのだった。
その後皆はスージーを恐がって誰もスージーの側には近付こうとしないのだった。
スージー「ミナサンドウシタノデスカ。」
スージーが気付かなかったので良かったのだが、何だかスージーが可哀想に見えるのだった。

～未来の身体の謎～

未来は自分が特異体質で有る事を深く気にする様に成っていた。
未来「私ってこの世界で生きていてはダメなのかしら？」
僕「そんな事は無いよ、未来本人がその事を気にしても時計の針はチャンと回ってるじゃないか。」
マスター「どうしてか、未来さんの身体は時間軸と深く関係が有るみたいですね。」
ローラ「その時間軸の話を私に教えて貰えないかしら、私の会社の空想科学チームに時間軸の事と未来の身体の事を調べて貰う必要が有りそうね。」
ローラは何時もの如くカウンター席に座ると、どうやら僕達の話を聞いていたらしいのだった。
マスター「そうですね、ここはローラさんに任せておけば良いみたいですね。」
未来「私からも頼むよローラ、解明したら真っ先にマスターにその事を教えてくれる、時間軸の事も有るし、その方が私も安心出来るみたいだから、私の事は後回しで良いよ。」

未来がそう言うと、ローラは支払いのチップを置き席を立つと店を出て行くので有った。
僕「どうやら面白く成ってきましたね、マスター。」
未来「私を差し置いてマスターの方に話を持って行くつもり。」
どうやら未来は不機嫌な顔でコッチを睨むのだった。
僕「僕に出来る事が有れば良いんだけど。」
僕は自分の無力さが腹立たしかった。
それよりも早く時間軸を見付けられれば気に成る事が一つ無くなるのでそっちの方を優先的に考える事にした。
それから2、3日が経過すると、ローラが店に来た。
見た事の無い機械を腕の下に抱えて。
すると、ローラがその機械の説明を始めるのだった。
ローラ「これは私の会社で発明した時間軸を探す事が出来るレーダーなのよ。」
僕「へえ、そうなんだ。」
ローラ「時間軸はどうやら世界各地で突然、現れるのよ。」
マスター「その話は聞いた事が有るのですが、見えたと思ったら直ぐに消えると言う噂も聞いた事が有ります。」

ローラ「その通りです。でも時間軸が出現する際に強い磁力と砂嵐が発生する事が判明したのよ、その事を私の会社のチームが発見したって訳だからそれを分析してくれるのがこのマシーンなのよ。」
僕「つまり、その磁力と砂嵐が起きると、その機械が反応して知らせてくれるって訳か、でもそんな物がよく作れたモンだなあ。」
ローラ「この機械が出来るまでには時間とマネーが必要だったのよ。」
僕「そうか、でも、そんな事が出来るのは君の会社がチームに随分投資したんだろう。」
ローラ「ええ、勿論よ、私の会社とNASAが組んでたから実現出来たのよ。」
僕「つまり自分の会社の自慢がしたいんだろう。」
ローラ「それはそうだけどね、でもそれだけの力が有るって事なのよ。」
僕「ハイハイ、解りましたよ、もうこれ以上は突っ込んだりしないから。」
と、言う訳でその機械を持って僕等は時間軸を探しに行く事に成るのだった。
マスター「では暫く店を閉めて時間軸を探しに出掛けましょうか。」
僕「あ、やっぱりそう来たか、まあその予感はしてたんですけどね。」
ローラ「最後に言っておくわ、その機械は非常にデリケートに出来てるから壊さないでね、まあ量産してるから実は何個も出来ているんだけどね。」

僕「って事はお金が掛かってるんだろう。」

ローラ「まあね、でも要は貴方達が時間軸を見つけてくれて、それを学会で発表したら直ぐにマネーは取り戻せるのよ。」

マスター「あ、レーダーが反応しましたよ。」

マスターがそう言ったので僕はその機械のスクリーンを見ると確かにスクリーンの中に赤く点灯してる部分が有った。

ローラが僕達に与えてくれた機械は結構優秀で機械の上部のスイッチを押すと何段階かに機械のスクリーンが分割される仕組みに成っていて、つまり世界のあちこちに時間軸の反応が有るとそれを機械が知らせてくれるのだ。

僕は、ローラが言ってた言葉が気に成っていた。

ローラは機械がデリケートに出来ていると言ってたのだが、どのぐらいデリケートなのだろうか？

その機械を夢美が指で触れようとしたので、未来が僕の代わりに代弁してくれて夢美を叱ってくれたのだ。

未来「お子ちゃまは引っ込んでな。」

夢美「ハーイ。」

やっぱり夢美は馬鹿だと、その時思うのだった。

しかし夢美がいるからこそ、すぐに機械が反応した場所に行けるのだ。

マスター「さて、機械が反応した場所に出掛けましょうか。」

マスターは僕よりもクールで有るのだ。

あの、夢美が機嫌を損ねない様に冷静沈着に夢美を扱える唯一の人だ。

マスター「では夢美さん頼みますよ。」

マスターがそう言うと夢美はあの眼鏡を掛けるのだった。

そして、僕達は機械が反応した場所へと向かうのだった。

そして何も無い空間にポッカリと穴が開くのだった。

マスター「さあ着きましたよ。」

マスターがそう言ったのは僅か数秒後の事だった。

そこはナイル川が流れるエジプトだったと思う。砂漠の中にはピラミッドとスフィンクスが遠くから見える。

マスター「そろそろ時間軸が出現しますよ。」

そう言ってマスターはスマホの時計をずっと見ているのだった。

すると強い砂嵐と身体が引っ張られる感覚が有った。

やがて砂嵐が収まると遠くの方に巨大な地下から天空にまで繋がる柱が見えるので有った。

マスター「さて、時間軸が消えない内にあの場所まで行きましょうか。」
麻依「お宝の匂いがプンプンするわ。」
マスター「麻依さん、そんな物は有りませんよ、実際、今までもこの私も見た事が無いのですから。」
マスターは麻依を宥める口調でそう言ったのだった。
僕はその時思うのだった、マスターと夢美がいないとここまでこれたのだろうか？と。
マスター「夢見さん、又お願いしますよ。」
夢美「ハーイ。」
と、夢美はそう言うと、又、空間の中に穴を開けるのだった。
そして、僕達は時間軸の所まで行くので有った。
そして今、僕達は時間軸の前に立っているのだ、実感は余り感じないのだが。
そして、フと見上げると何処までも伸びている巨大な柱の前にいるのだ。
僕「マスターこれが時間軸と呼ばれる物なのでしょうか。」
マスター「さあ、それは私にも判りません、只、ローラさんが言う結論で推測した所ではあれが、時間軸で有るという可能性が高いという事だけです。」
すると、時間軸の柱の壁には扉が有るのだった。

そしてその扉の横にはレバーが有った。
未来(みき)「私がそのレバーを引くよ。」
そう言って未来(みき)がそのレバーを引いた。
しかし、何も変化が無かった。
麻依「ちょっと待ってな、私が蹴りを入れてみるよ。」
佐絵は不思議な建造物のスケッチをしていた。
だが、又、何の変化も無かった。
すると、その後に夢美が扉に向かって体当たりをした。
すると、その後で扉が開くのだった。
夢美「痛てて。」
マスター「夢美さん大丈夫ですか。」
夢美「へっちゃらだよ。」
すると、轟音がして時間軸が大きく揺れるのだった。
マスター「皆さん、早く行きましょう、時間軸が消えない内に。」
マスターはそう言ったのだが、佐絵はまだ時間をスケッチしていた。
僕「マスターどうしますか。」
未来(みき)「あんなのは放っときゃ良いんだよ。」

そして、僕が麻依の方を見ると、麻依の眼は欲望でギラ付いていた。

夢美の方を見ると、夢美は打った箇所を押さえていた。

僕「夢美、ホントは痩せ我慢をしているんだろう。」

夢美「うん、ホントはまだ痛いんだよ。」

仕方なく僕は夢美をオンブする事にした。

そして他のメンバーと共に奥の方に有る、螺旋階段を駆け上って行く。

マスター「こうしていても埒が明きません、夢美さん、最後のお願いです、もう一度だけ頼みますよ。」

僕は緊張の余り眼を閉じるのだった。

そして眼を開けると柱のてっぺんと思われる場所に僕と他のメンバーもいた。

そして眼を凝らしてよく見るとずうっと奥の方にはビーチパラソルの様な物が有ってそこには休憩所と記されていた。

そして、その横には椰子の木が生えていてその木の上には実が成っていて、椰子蟹がその実を鋏で千切って下に落としていた。

すると何時の間にか後(うしろ)には佐絵の姿が有って、やはりその様子をスケッチしていた。

僕「どうしてここにいるんだ。」

佐絵「もう時間軸のスケッチが終わったから、そしたら外の陽差しが眩しくて眼を閉じて、再び眼を開けたらここにいたって訳よ。」

と、佐絵は僕に説明した。

麗奈「それにしても暑いわね、こんなに暑いと肌に悪いから私はあの休憩所の方に行く。」

未来(みき)「オカマはやっぱり心まで女なのかな？」

僕達もここは暑いので奥の方へ行く事にするのだった。

そして背中にオンブしていた筈の夢美の姿が見えなかったので僕はキョロキョロと周りを見渡すと既に夢美は休憩所の方にいて一人でハシャギ回っていた。

そして休憩所の中へ入ると横の椰子の木には貼り紙が貼って有った。

よく貼り紙を見てみると貼り紙には『スカ』と表記されていた。

マスター「ここには何も無い様です、皆さん下へ下りましょう、スミマセン、夢美さん又、お願いします、今度は出来れば私の店の方までお願いします。」

マスターがそう言ったので夢美は快く返事をするのだった。

夢美「ハーイ。」

そして夢美は再び空間に穴を開けるのだった。

僕達はマスターの店に着いたのだが未来(みき)の方を見るとそこには未来(みき)の姿は無かった。

僕「どうしてここにいないんだよ。」

僕は少し俯きながら腕を組んで考えた。

そう言えばあの時余りの暑さに外ではスコールが降っていた事を思い出した。

フイに不安が僕の頭の中に過るので有った。

ひょっとして、あの時スコールが降ったから未来（みき）はタイムスリップしたのかも知れないのだ。

後悔は先に立たないと言うが正に今がその瞬間の様に思えた。

しかし、何処を探したら未来（みき）は見付かるのだろうか？

僕の心の中には不安という二文字しか思い付かなかった。

どうしようも無い程の悲しみに今は包まれている自分がいた。

そのまま数日が過ぎて行くだけだった。

もう逢えないのだろうか？

僕はここ数日何も食べる気がしなく成っていた。

フイに僕の肩にマスターが手を置いた。

そしてマスターは言った。

マスター「まだ絶望するには早過ぎますよ、だって私達にはコレが有りますから。」

そう言ってカウンターの上に置かれたのは、マスターキーだった。

そうだ、僕はその存在を忘れていた。

きっと何処かに未来（みき）はいる筈なのだ。

そう思うと僕達はマスターの力を借りてタイムスリップすれば良いと思うと僕の心には希望が湧くのだった。

そして今、僕達は運命の扉を開く事で未来が変わるかもしれないという境地に立たされていた。

明日の事など誰にも判らないのだ。

未来を変える事で再び未来（みき）と出逢えるかも知れないのだ。

その時、何時もよりもマスターキーで開く扉は重かった気がするがここで後（うしろ）を振り向くと、そこには恐怖しか無い様な気がする。

今は未来（みき）を探すしか術は無いのだ。

そして扉の向こうには笑顔の未来（みき）の姿が有るかも知れない。

考えてみると今まで幾つもの未来や過去を見てきた気がする。

昨日が有って今日が有る、そして明日だってきっと同じ様な日常の繰り返しかも知れない、だけど生きてさえいれば誰にでもチャンスという未来が有るのかも知れない。

了

著者プロフィール
細山田 恵司（ほそやまだ けいし）
鹿児島県在住。

EARTH CHILD

2024年1月15日　初版第1刷発行

著　者　細山田 恵司
発行者　瓜谷 綱延
発行所　株式会社文芸社
〒160-0022　東京都新宿区新宿1－10－1
電話　03-5369-3060（代表）
03-5369-2299（販売）

印　刷　株式会社文芸社
製本所　株式会社MOTOMURA

ISBN978-4-286-30020-7